Komponentenbasierte Softwareentwicklung mit Frameworks

Wolfgang Pree ist Professor für Angewandte Informatik an der Universität Konstanz. Seine Forschungsschwerpunkte liegen im Bereich Software Engineering: Komponentenbasierte Softwareentwicklung, Frameworks und Design Patterns.

dpunkt.lehrbuch
Bücher und Teachware für die moderne Informatikausbildung

Wolfgang Pree

Komponentenbasierte Softwareentwicklung mit Frameworks

dpunkt.verlag

Wolfgang Pree
Universität Konstanz
Angewandte Informatik
Universitätsstraße 10
D-78434 Konstanz
E-mail: pree@informatik.uni-konstanz.de

Übersetzung:
Perdita Löhr
Volkerak 81
NL-2401 DH Alphen a/d Rijn
E-mail: loehr@wi.leidenuniv.nl

Die Deutsche Bibliothek – CIP-Einheitsaufnahme
CIP-Aufnahme beantragt

Ringstraße 19
69115 Heidelberg

ISBN 3-920993-68-4
1. Auflage 1997

Das verwendete Papier ist aus chlorfrei gebleichten Rohstoffen hergestellt und alterungsbeständig.

Umschlaggestaltung: Helmut Kraus, Düsseldorf
Copy-Editing: René Schönfeldt, Berlin
Druck und Bindung: Druck- und Verlagsanstalt Konrad Triltsch GmbH, Würzburg
5 4 3 2 1 0

Vorwort

Die Begriffe *Objektorientierung* und *Komponententechnik* sind gängige Schlagworte aus der Softwaretechnik. Sie werden im Zusammenhang mit verschiedenen Fragestellungen dieses Bereiches immer wieder genannt. Darunter findet sich auch der Wunsch nach Softwarekomponenten, die besser wiederverwendbar und flexibler sein sollen als die bisherigen, konventionell entwickelten. Leider haben aber auch die Vorteile der Objektorientierung ihren Preis.

Nur Frameworks, also vorgefertigte, aber bewußt unvollständig spezifizierte Softwarearchitekturen, erlauben es, das vollständige Potential objektorientierter Softwarekonstruktion zu nutzen. Frameworks bieten heutzutage den höchsten Grad an Wiederverwendbarkeit an: Nicht nur Quellcode und individuelle Komponenten, sondern vor allem der Architekturentwurf wird mit Hilfe von Frameworks wiederverwandt. Dies halten wir für die wichtigste Eigenschaft der Frameworks. Damit ermöglichen gut entworfene und sorgfältig implementierte Frameworks eine Form der Wiederverwendung, die die Softwarequalität entscheidend verbessern kann.

Dieses Buch beginnt mit einer Gegenüberstellung verschiedener objektorientierter und konventioneller Ansätze, mit denen flexible Software erstellt werden kann. Hierbei konzentrieren wir uns vor allem auf die Konzepte von Frameworks. Im Anschluß daran stellen wir Entwurfsheuristiken vor, mit denen Frameworks entwickelt werden können. Obwohl das Vorgehen nach Entwurfsmustern bereits als die Technik betrachtet wird, mit der die Frameworkentwicklung entscheidend unterstützt werden kann, sind beide Ansätze noch nicht ausreichend verknüpft. Auf der einen Seite stehen die Entwurfsmuster, mit denen objektorientierte Entwürfe beschrieben und vermittelt werden können, und auf der anderen Seite finden wir - noch isoliert - den Entwicklungsprozeß für Frameworks. Um diese Lücke zu schließen, stellen wir einen *Hot-Spot-orientierten Entwurfsansatz* vor. Er basiert auf sogenannten *Hot-Spot-Karten*, die sich als wertvolles Kommunikationsmittel zwischen Softwaretechnikern und Anwendern erwiesen haben. Speziell das Wissen der Anwender ist ein wichtiger Faktor im Entwicklungsprozeß. Mit

Hilfe der Hot-Spot-Karten läßt sich dieses Wissen gut fassen und die Zahl der Entwurfsiterationen im weiteren Entwicklungsverlauf verringern. Anders ausgedrückt: Mit den Hot-Spot-Karten wird der Übergang von den frühen Aktivitäten des Entwicklungsprozesses zu den Entwurfs- und Implementierungsaktivitäten vereinfacht. Außerdem kann auf diese Weise der maximale Nutzen aus Entwurfsmustern gezogen werden. Wir zeigen an Fallstudien und Beispielen die Wirkungsweise und den Einsatz von Frameworktechnik und Hot-Spot-orientiertem Entwurf auf. In den Beispielen verwenden wir dazu die Unified Booch & Rumbaugh Notation und die Programmiersprache Java.

Das Buch ist nun folgendermaßen aufgebaut: Kapitel 1 stellt die Wiederverwendung von Frameworks der Wiederverwendung individueller Komponenten gegenüber und vergleicht frameworkbasierte mit komponentenbasierter Entwicklung. Kapitel 2 beschreibt, wie anpaßbare Systeme erstellt werden können. Dabei wird betont, daß objektorientierte Konzepte nur eine, wenn auch sehr wichtige, Möglichkeit sind, um Flexibilität zu erreichen. Kapitel 3 stellt die wesentlichen Konstruktionsprinzipien für Frameworks vor und setzt sie zu dem „Gang-of-Four" Musterkatalog (GoF) ([GHJV95]) in Beziehung. Eine Fallstudie aus dem Bereich der Simulationsanwendungen dient als Beispiel für ein Framework, das nicht aus dem GUI-Bereich kommt. Kapitel 4 illustriert, wie anwendungsspezifische Flexibilitätsanforderungen mit Hilfe von Hot-Spot-Karten identifiziert werden können. Im folgenden wird dann gezeigt, wie auf diese Weise das volle Potential von frameworkbasierten Entwurfsmustern genutzt werden kann. Kapitel 5 rundet das Buch ab, indem es zu den verschiedenen Aspekten der Frameworkentwicklung subjektive Einschätzungen gibt. Abschließend werden Frameworks in eine mögliche Entwicklungsperspektive von Software eingeordnet.

Anhang A stellt die Elemente der Unified Booch & Rumbaugh Notation zusammen, die in diesem Buch verwandt werden. Anhang B enthält einen Überblick über die objektorientierte Programmiersprache Java. Anhang C definiert ausgewählte Begriffe in einem Glossar. Anhang D enthält den vollständigen Javaquellcode der Fallstudie. Dieser liegt auch im Internet vor und kann über die im Anhang angegebene Adresse bezogen werden.

Dieses Buch ist nicht als Katalog für Entwurfsmuster konzipiert! Es befaßt sich statt dessen mit den wesentlichen Konstruktionsprinzipien von Frameworks (Kapitel 3). Die Kombination dieser Konstruktionsprinzipien mit der Semantik eines gewünschten Anwendungsbereiches ergibt die Entwurfsmuster, zugeschnitten auf diesen speziellen Bereich. Kapitel 4 beschäftigt sich mit der Erzeugung solcher Entwurfsmuster.

Das Buch wendet sich an all diejenigen, die im Bereich der komponentenbasierten Softwareentwicklung auf dem laufenden bleiben wollen, vor allem im Bereich von Entwurfsmustern und Frameworks. Erfahrung mit einer der gängigen objektorientierten Sprachen, wie etwa C++ oder Smalltalk, ist hilfreich, aber nicht notwendig. Allerdings setzt dieses Buch voraus, daß der Leser/die Leserin mit den wichtigsten Konzepten objektorientierter Sprachen vertraut ist, also Konzepte wie Klassen, Vererbung und dynamisches Binden kennt. Die Beispiele in diesem Buch verwenden Java, so daß ein lesendes Verständnis von C-ähnlicher Syntax vorteilhaft ist.

Ich hoffe, daß Sie Spaß beim Lesen dieses Buches haben. Es soll Ihnen eine gute Grundlage bieten, wenn es um den Stand der Technik und aktuelle Forschungsergebnisse im Bereich der Frameworkentwicklung geht.

Wolfgang Pree
Linz, Sommer 1996

C. Doppler Lab für Software Engineering
Universität Linz, A-4040 Linz
E-Mail: pree@swe.uni-linz.ac.at
http://www.swe.uni-linz.ac.at/wolf
Angewandte Informatik
Universität Konstanz, D-78434 Konstanz

Danksagung

Ich möchte mich insbesondere beim dpunkt.Team (Christa Preisendanz, Gerhard Rossbach) für die Initiierung und Durchführung der deutschen Übersetzung bedanken. Die Übersetzungsarbeit hat Perdita Löhr mit großer Sorgfalt erledigt, wie auch René Schönfeldt das Copy-Editing. Hannes Färberböck hat eine frühe Version des Manuskriptes gegengelesen. Ihm verdanke ich ausführliche Kommentare, die dem Buch zusätzliche Impulse gaben. Bob Bach, ein Informatikstudent an der Johannes Kepler Universität Linz, der ursprünglich die englische Version aus sprachlicher Sicht Korrektur las, brachte außerdem eine Reihe wertvoller Ideen ein.

Ich danke meinen Kollegen Hans Joachim Fröhlich, Stefan Schiffer und Josef Jungwirth für ihre Unterstützung. Die Entstehung des Buches wurde von der Siemens AG, Bereich Zentrale Technik (München-Perlach), gefördert.

Inhaltsverzeichnis

Auszüge aus Kapitel 3 und Anhang C wurden bereits in *Design Patterns for Object-Oriented Software Development* (Pree, W.), Wokingham: Addison-Wesley/ACM Press, 1995 veröffentlicht.

Auszüge aus Kapitel 5 wurden bereits in *Frameworks – Past, Present and Future* (Pree, W.), Object Magazine, May 1996 veröffentlicht.

Kapitel 1

Warum Frameworks?

In den letzten Jahren haben sich viele Firmen voller Begeisterung auf objektorientierte Techniken gestürzt und diese in ihren Softwareprojekten eingesetzt. Im Laufe der Zeit wurde aber deutlich, daß eine ganze Reihe dieser objektorientierten Projekte scheiterte. Solche Fehlschläge haben unter verschiedenen Randbedingungen natürlich auch verschiedene Ursachen. Aber insgesamt drückt die Entwicklung doch aus, daß die objektorientierten Techniken nicht die in sie gesetzten Erwartungen erfüllen konnten. Unabhängig davon könnten für diese Negativerfahrungen sowohl organisatorische als auch technische Probleme verantwortlich sein. Sollte man nun aufgrund dieser Beobachtungen Objektorientierung an sich in Frage stellen? Oder führt der Ansatz in eine Sackgasse? Oder sollte man Folgeentwicklungen abwarten, wie z. B. komponentenbasierte Softwareentwicklung?

Wir versuchen im folgenden, diese Fragen vom technischen Standpunkt aus zu beantworten. Wir zeigen dazu die häufigsten Fehleinschätzungen von objektorientierten Techniken auf. Aus diesem Grund skizzieren wir die wesentlichen Elemente von objektorientierten Frameworks und untersuchen ausführlich ihre Beziehung zu komponentenbasierten Techniken. Grundsätzlich nehmen wir dabei Frameworks als die konstanten Faktoren in objektorientierten und komponentenbasierten Techniken an.

1.1 Wiederverwendung: Individuelle Komponenten oder Frameworks

Doug McIlroy stellte bereits 1968 auf einer NATO-Konferenz fest (in [Mc76] erneut veröffentlicht):

> „Software engineers should take a look at the hardware industry and establish a software component subindustry. The produced software components should not be tailored to specific needs but be reusable in many software systems.“

Grundsätzlich bietet die Wiederverwendung von Software eine Reihe ganz offensichtlicher Vorteile, wie beispielsweise geringere Entwicklungs- und Wartungskosten oder bessere Softwarequalität. (Es gilt: Bereits getestete Komponenten erhöhen den Korrektheitsgrad der Software.) Weiterhin tragen Komponenten, die selbst bereits auf effizienten Algorithmen basieren, zur Konstruktion von effizienter Gesamtsoftware bei. Auch gilt, daß die Wiederverwendung portabler Softwarekomponenten auch portablere Softwaresysteme hervorbringt. Bei allen diesen Vorzügen, bleibt die Frage: Wie kann Wiederverwendung von Software nun tatsächlich umgesetzt werden?

Module und Klassen im Vergleich

Entsprechend McIlroys Vision führten modulorientierte Sprachen, wie etwa Modula-2 und Ada, das Konzept des Softwaremoduls ein. Dies wird in Abbildung 1.1 schematisch dargestellt. Solch ein Modul bietet seinen Benutzern nach außen eine eigene Schnittstelle an, die Modulschnittstelle. Benutzer kommunizieren mit dem Modul ausschließlich über diese Schnittstelle. Ihre interne Implementierung befindet sich im Modulrumpf und ist nach außen nicht sichtbar.

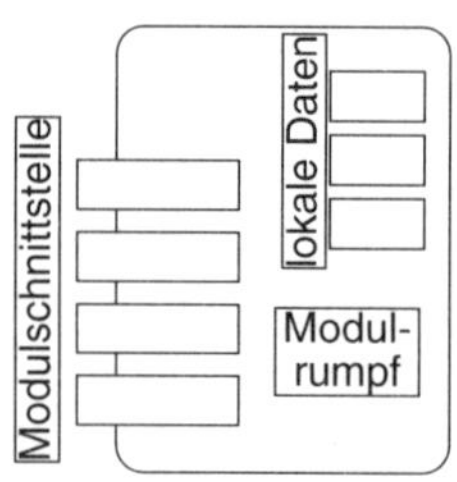

Abbildung 1.1: Struktur eines Softwaremoduls.

Parnas prägte den Begriff des *Information Hiding* als Kernprinzip der modulorientierten Softwareentwicklung ([Pa72]):

> „A module is characterized by its knowledge of a design decision which it hides from all others. Its interface was chosen to reveal as little as possible about its inner working.“

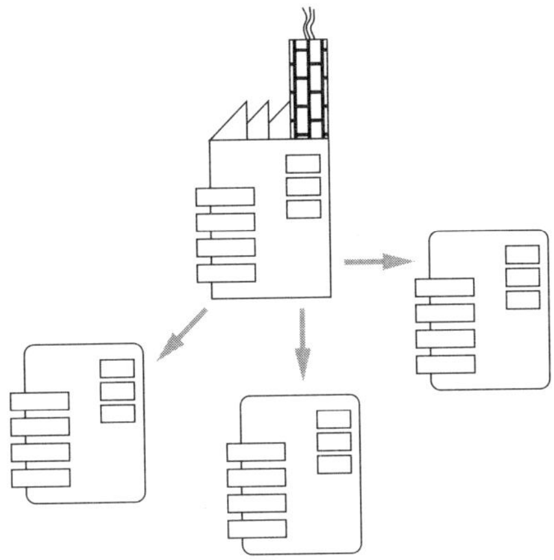

Abbildung 1.2: Klassen als Modultypen.

Obwohl modulorientierte Sprachen Konstrukte zur Definition und zum Aufruf von Modulen anbieten, bleibt ihr Lösungsansatz noch immer unbefriedigend: Jeder Modul, das in Ada oder Modula-2 definiert wird, existiert *genau einmal*, ist also eine abstrakte Datenstruktur (ADS).

In der Praxis übersteigt jedoch der Bedarf an abstrakten Datentypen (ADT) den an ADS. Ein ADT ist einer ADS prinzipiell ähnlich, aber repräsentiert im Gegensatz zu ihr bereits einen Typ. Das bedeutet, daß zu diesem Typ eine beliebige Anzahl von Variablen deklariert werden kann, daß also beliebig viele Ausprägungen des Typs existieren können. Obwohl es möglich ist, ADT in modulorientierten Sprachen zu definieren, wird dieses Konzept in der Regel nicht direkt unterstützt. Anders ist dies bei objektorientierten Sprachen. Sie lösen dieses Problem, indem sie ein Konstrukt anbieten, mit dem Klassen definiert werden können. Damit könnte man sich eine Klasse wie einen instanziierbaren Modul vorstellen. Genau wie ein Modul verbirgt eine Klasse intern Entwurfsentscheidungen (Algorithmen und Datenstrukturen) und besitzt eine wohldefinierte Schnittstelle nach außen. Außerdem verhält sich eine Klasse wie eine Objektfabrik. Sie kann beliebige Anzahlen von Objekten erzeugen, deren individuelle Struktur der Klassenstruktur entspricht[1] (siehe Abbildung 1.2).

[1] Hinweis: Fast alle objektorientierten Sprachen bieten ausschließlich Klassen als Strukturierungsmittel für Software an. Oberon ([ReWi92]), der Nachfolger der Sprachen Pascal und Modula-2, entworfen und entwickelt von Niklaus Wirth an der ETH Zürich, besitzt zusätzlich zum Klassenkonstrukt auch noch das Modulkonstrukt, um zusammengehörige Klassen in einem Teilsystem zusammenfassen zu können. Analog sieht auch Java [Su96a] sogenannte „Packages" vor.

Im weiteren Vergleich fällt neben dem Fehlen von ADT-Konzepten in modulorientierten Sprachen ein weiterer, schwerwiegenderer Mangel ins Auge. Wenn ein Modul in einem anderen Projekt nicht auf exakt die gleiche Art und Weise wiederverwendet werden kann, muß der Quellcode oder sogar die Schnittstelle geändert werden. Das führt dazu, daß verschiedene Versionen des Originalmoduls erzeugt werden müssen. Entsprechend muß auch das Testen jeder Version bzw. der Komponententest des Gesamtsystems wiederholt werden. Diese Art der Wiederverwendung hat mit den wünschenswerten Eigenschaften des Wiederverwendungsprinzipes wenig zu tun. Leider zeigt die Erfahrung, daß die meisten Module vor ihrer Wiederverwendung leicht modifiziert werden müssen. Nur einfache Basismodule mit bereits gefestigter Schnittstelle, wie etwa Datenstrukturen und GUI-Dialogelemente, erlauben Black-Box-Wiederverwendung (d. h. Wiederverwendung ohne Veränderung).

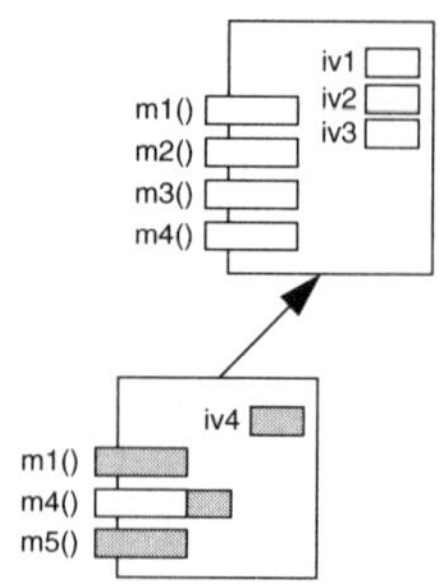

Abbildung 1.3: Anpassen einer Klasse durch Vererbung (= Programmieren durch Unterscheidung).

Um diese Probleme der Wiederverwendung in den Griff zu bekommen, enthalten objektorientierte Sprachen zusätzliche Konstrukte. Damit sollen *Deltaänderungen* (engl. `delta changes`) erreicht werden, ohne den Quellcode des Originalmoduls bzw. der Originalklasse anzutasten (Programmieren durch Unterscheidung). Vererbung (engl. `inheritance`) heißt der zentrale Begriff dieser Lösung. Abbildung 1.3 illustriert die möglichen Änderungen bei Definition einer Unterklasse (engl. `subclass`): Mit Unterklassen können zusätzliche Variablen auf der Instanzebene eingeführt werden und Funktionen/Prozeduren (im objektorientierten Sprachgebrauch auch *Methoden*) hinzugefügt, erweitert oder überschrieben werden. Der Pfeil in Abbildung 1.3 repräsentiert die Unterklassenbeziehung (engl. `subclass relationship`). Die grau schraffierten Rechtecke geben schematisch die Veränderung des geerbten Verhaltens in der Unterklasse an: Die Methoden m1() und m4() sind überschrieben, die Methode m5() sowie die Instanzvariable iv4 wurden hinzugefügt. Die Implementierung der Methode m4() in der Unterklasse verwendet den Quellcode der ursprünglichen Methode m4() aus der Oberklasse (engl. `superclass`).

Objektorientierte Programmierung ist oft als *Programmieren durch Unterscheidung* beschrieben worden. Eine Unterklasse definiert das *Delta*, durch das sich eine Klasse von ihrer Oberklasse unterscheidet. Anders ausgedrückt: Vererbung erlaubt das Anpassen eines Moduls, ohne seinen Quellcode zu verändern oder die Kompatibilität aufzugeben. Idealerweise genügt bereits Vererbung, um die Änderungen einzuführen, die für die Wiederverwendung einer speziellen Klasse notwendig sind. Abbildung 1.4 zeigt im linken Teil die ursprüngliche Klasse aus Abbildung 1.3 und im rechten Teil das Ergebnis der Anpassung. Diese Verhaltensänderung wurde ausschließlich durch Vererbung erzielt.

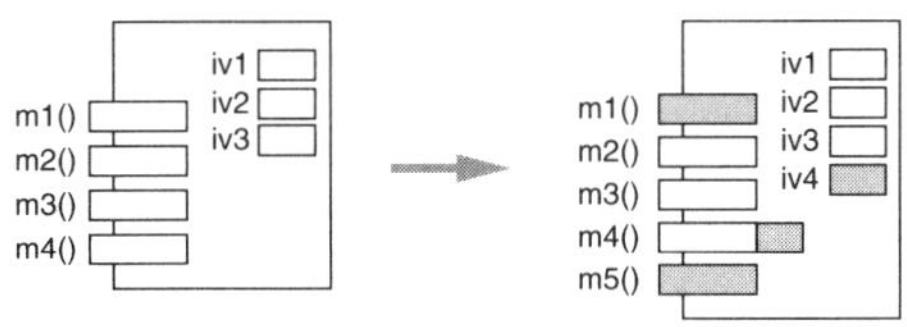

Abbildung 1.4: Vereinfachte Sicht auf das Anpassen einer Klasse.

Zusammenfassend kann man sagen, daß objektorientierte Sprachen das Modulkonzept verbessern. Sie ermöglichen die direkte Definition von ADT und bieten Sprachkonstrukte an, mit denen diese erweitert und verändert werden können.

Das führt dazu, daß viele Anhänger der objektorientierten Technik allein vom Gebrauch einer objektorientierten Sprache signifikante Verbesserungen bei der Wiederverwendung von Software erwarten. Das muß leider als *naives Anwendungsverständnis von objektorientierten Techniken* bezeichnet werden. Dies wird im folgenden weiter ausgeführt.

Aufwand bei Wiederverwendung individueller Komponenten

Barry Boehm stellt 1994 eine Studie vor, die sich mit dem Aufwand bei Wiederverwendung individueller Komponenten in NASA-Projekten beschäftigte ([Bo94]). Abbildung 1.5 faßt die erhaltenen Resultate zusammen. Die Graphik setzt zwei Aufwandsprozentanteile in Beziehung: Auf der x-Achse wird der Prozentanteil von Änderungen angegeben, die nötig sind, um eine individuelle Komponente wiederverwendbar zu halten; auf der y-Achse kann man ablesen, wie hoch die änderungsbedingten Kosten im Vergleich zu den Kosten einer Neuentwicklung sind.

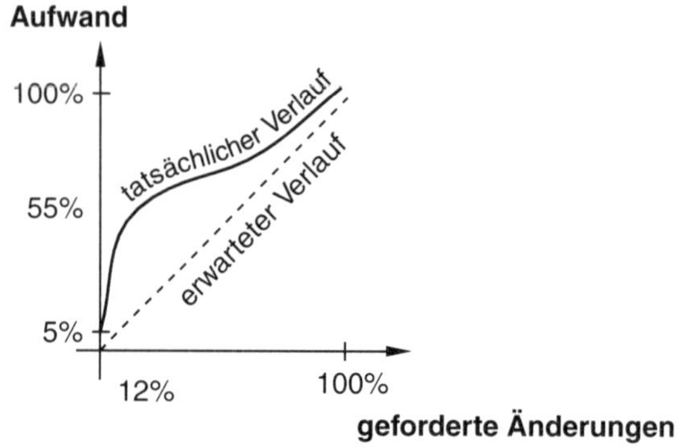

Abbildung 1.5: Aufwand bei Änderung einer Komponente kontra Aufwand bei Neuentwicklung (basiert auf Ergebnissen aus [Bo94]).

Zunächst kann man ganz allgemein festhalten, daß individuelle Komponenten auch nicht kostenlos wiederverwendet werden können. Denn es gilt, zu Beginn die geeignete Komponente ausfindig zu machen, ihre Schnittstelle zu verstehen und zu entscheiden, wie sie in das zu konstruierende System hineinpaßt. Außerdem müssen sowohl eine (elektronische) Bibliothek von wiederverwendbaren Komponenten als auch die Komponenten selbst gewartet werden. Außerdem müssen die Komponenten bereits im Hinblick auf eine zukünftige Wiederverwendung entwickelt werden, was i. allg. teurer ist als die Entwicklung für den eingeschränkten Einsatz.

Weitere Zurückhaltung folgt aus der Tatsache, daß bereits wenige Änderungen an einer Komponente (ca. 12%) die Wiederverwendungskosten enorm erhöhen. Vergleichen wir dieses mit der Neuentwicklung der betreffenden Komponente, dann macht das etwa 55% der neuanfallenden Kosten aus. Diese Kosten entstehen aber nicht für die Änderungen selbst, sondern für das notwendige Verstehen der Komponente. Aber ohne dieses Verständnis würde jede Änderung zur Katastrophe führen.

Die genannte Studie wurde im Softwaretechniklabor der NASA auf der Basis von ungefähr 3000 Modulen durchgeführt. Die Resultate würden sich so oder ähnlich in jedem anderen technischen oder wirtschaftlichen Bereich ergeben. Die Studie untermauert die gefühlsmäßige Einschätzung von Programmierern, daß Wiederverwendung individueller Komponenten ungefähr genauso teuer ist wie deren Neuentwicklung. Dabei ist es vollkommen gleichgültig, ob Sprachen solche Anpassungen auf elegante Art unterstützen oder nicht.

Insgesamt läßt sich ableiten, daß allein die Verwendung einer objektorientierten Sprache statt einer konventionellen keine Verbesserung von Wiederverwendung erzwingt oder garantiert.

Projekte, die objektorientierte Techniken aus diesem naiven Blickwinkel heraus einsetzen, sind wahrscheinliche Kandidaten für Fehlschläge. Trotzdem werden in vielen Softwareprojekten objektorientierte Sprachen noch immer wie modulorientierte Sprachen verwendet und Klassen als leicht verbesserte Module benutzt.

Wiederverwendung von Frameworks

Statt individuelle Komponenten wiederzuverwenden, setzen die meisten erfolgreichen Projekte auf die Entwicklung und Wiederverwendung von Frameworks. Ein Framework entspricht einer Sammlung verschiedener, individueller Komponenten mit definiertem Kooperationsverhalten und soll eine bestimmte Aufgabe erfüllen. Einige der individuellen Komponenten sind so entworfen, daß sie austauschbar sind[2]. Wir nennen diese Stellen vorgegebener Verfeinerungen *Hot-Spots.* Abbildung 1.6 skizziert einen Aufbau solcher Frameworks, in dem die Hot-Spots grau markiert sind.

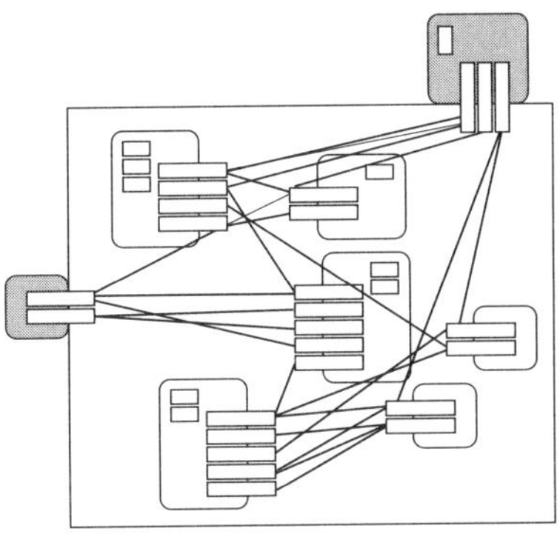

Abbildung 1.6: Framework mit markierten Hot-Spots.

Ein Framework heißt nun gut entworfen, wenn es geeignete, anwendungsspezifische Hot-Spots anbietet. Diese sollen den flexiblen Einsatz des Frameworks ermöglichen, indem sie sich entsprechend anpassen lassen. Außerdem definieren gute Frameworks bereits einen Großteil der allgemeinen Architektur, d. h. die Zusammensetzung und das Zusammenspiel der Komponenten.

[2] Für eine ausführlichere Diskussion von Frameworks siehe auch Johnson und Foote [JoFo88].

Die Verbindungslinien zwischen den Schnittstellen der Methoden in Abbildung 1.6 beschreiben den Zusammenhang zwischen den Komponenten. Anwendungen, die auf der Basis eines solchen Frameworks entwickelt werden, verwenden nicht nur vorliegenden Quellcode wieder, sondern auch den vordefinierten Architekturentwurf. Diese Tatsachen halten wir für die wichtigste Eigenschaft von Frameworks überhaupt.

Frameworks: Für und Wider

Neben der Tatsache, daß wiederverwendete Architekturentwürfe langfristig Anwendungsgebiete standardisieren, besitzen Frameworks noch weitere Vorteile. Wenn ein Framework an eine bestimmte Anwendung angepaßt wird, dann muß dafür bedeutend weniger Quellcode vom Programmierer geschrieben werden als sonst üblich. Ausgereifte Frameworks führen hier zu einer Reduktion von bis zu 90% ([WGMa89]) gegenüber Software, die mit Hilfe einer konventionellen Funktionsbibliothek geschrieben wurde.

Erfreulich ist auch, daß die frameworkzentrierte Entwicklung von Software nicht auf bestimmte Anwendungsbereiche beschränkt ist, wie etwa grafische Benutzungsschnittstellen (GUIs). Tatsächlich sind Frameworks für beinahe alle kommerziellen und technischen Bereiche gut geeignet, in denen im weitesten Sinne die reale Welt simuliert werden muß. So gehören etwa Prozeßsteuerungssysteme, Buchungssysteme und Banksoftware in diese Kategorie.

Nachteilig ist, daß die Entwicklung von Frameworks einen enormen Entwicklungsaufwand erfordert. Die Kosten sind kaum geringer als die Neuentwicklung einer speziellen Anwendung. Deshalb repräsentieren Frameworks eine langfristige Investition, die sich nur dann auszahlt, wenn innerhalb eines Bereiches ähnliche Anwendungen wieder und wieder entwickelt werden müssen.

Ein weiteres Problem ist, daß praktisch kaum oder nur sehr unzureichende Methoden und Werkzeuge existieren, mit denen Frameworks entwickelt werden können. Außerdem steckt die Forschung über Frameworks selbst noch in den Kinderschuhen. In Abschnitt 1.2 werden die wichtigsten Probleme des heutigen Stands der Technik diskutiert.

Schließlich steht die Entwicklung und Wiederverwendung von Frameworks nicht mit der allgemeinen Projektkultur im Einklang. Dort wird nämlich versucht, hochspezialisierte Softwarelösungen zu entwickeln, anstatt generische Bauteile zu produzieren. Da dieses Buch sich auf den technischen Bereich der Entwicklung von Frameworks konzentriert, verweisen wir für solche organisatorischen Fragen auf [GoRu95].

1.2 Frameworks - wichtige Bausteine komponentenorientierter Technik

In jüngster Zeit hat sich ein neuer Trend in der Softwaretechnikgemeinde herausgebildet: die komponentenorientierte Entwicklung von Software (oder kürzer: Componentware). In kurzer Zeit erzeugte sie bereits eine riesige Menge an neuen Schlagworten, wie z. B. OpenDoc, SOM/DSOM, CORBA, OLE oder COM. In diesem Abschnitt beschäftigen wir uns nun mit der Beziehung von objektorientierten Techniken, insbesondere Frameworks, zur Componentware. Dazu beginnen wir mit einem Überblick über die markantesten Nachteile objektorientierter Frameworks:

- Die meisten der existierenden Frameworks können nur dann erweitert oder angepaßt werden, wenn die hinzuzufügenden Komponenten in der gleichen Sprache entwickelt werden wie das umgebende Framework. Oftmals müssen sogar die Compilerversion und/oder das Entwicklungssystem übereinstimmen.

- Ungelöst ist auch die Frage, wie Frameworks zusammen wirken können, die von verschiedenen Entwicklergruppen in u. U. verschiedenen Sprachen entworfen wurden.

- Das *Problem der änderungsempfindlichen Basisklassen* (engl. `fragile base-class problem`) kann fundamentale Entwurfsentscheidungen eines Frameworks zu Fall bringen: Veränderungen in Basisklassen eines Frameworks können eine Vielzahl von erbenden Klassen einschneidend beeinflussen oder sogar deren Intention zerstören.

- Außer einigen ganz rudimentären Werkzeugen, wie z. B. Kochrezepten, unterstützt kein Werkzeug direkt die Verfeinerung oder Entwicklung von Frameworks.

Standardisierung von Komponenten, wie etwa mit OpenDoc/(D)SOM [Co96] und OLE/COM [Br95], bietet eine Möglichkeit, um das Problem der Sprachkompatibilität in den Griff zu bekommen. Die Objektmodelle SOM und COM erlauben es, mit verschiedenen Sprachen und Compilern gleichzeitig zu arbeiten. Die Standards OLE und OpenDoc basieren auf dem jeweiligen Objektmodell und verwalten die Ressourcen zwischen zusammenwirkenden Komponenten, wie beispielsweise Tastatur und Bildschirm. Leider bringen die genannten Standards eine unnötige innere Komplexität mit sich und bieten keine annehmbare Garbage-Collection an. Diese ist für erweiterbare Systeme aber ein absolutes Muß. Weiterhin liefern sie auch keine Lösung für das Zusammenwirken von Frameworks.

Die Lösung des Problems der änderungsempfindlichen Basisklassen erweist sich als relativ unabhängig von den Standardisierungsansätzen. Die ausgereifteren Frameworks unter den heute existierenden zeigen einen möglichen Weg auf, um dieses schwierige Problem zu entschärfen. Diese Frameworks reduzieren die Tiefe ihrer Klassenhierarchie, indem sie sich hauptsächlich auf Objektkomposition stützen. Hierdurch gewinnen sie noch einen weiteren Vorteil: In diesen Frameworks können die meisten Anpassungen durchgeführt werden, indem einfach Objekte zusammengesteckt werden, anstatt ihr Verhalten durch Vererbung zu verändern. Entwickler, die bereits erfahren haben, wie einfach und mächtig diese Art der Anpassung ist, bauen für zukünftige Frameworkentwicklung hauptsächlich auf diese Technik. Kapitel 2 und 3 widmen sich diesem Thema im Detail. Der Trend zur komponentenorientierten Entwicklung löst nun eine Reihe von Folgerungen aus:

- Das Schlagwort Componentware impliziert, daß Softwarekomponenten auch verteilt werden können. Die verwendete Basistechnik sind Frameworks, deren Verhalten durch Komposition verändert und/oder erweitert werden kann. Sicher wird das Internet dafür sorgen, daß ein Markt für solche Komponenten angekurbelt wird.

  Langfristig gesehen muß dabei beachtet werden, daß dieser Trend relativ unabhängig ist von der Antwort auf die Frage, welcher der aktuellen oder zukünftigen De-facto-Standards sich durchsetzen wird. Statt dessen spielen solche Frameworks, die sich durch Objektkomposition anpassen lassen, eine wichtige Rolle. Die technische Lösung des Zusammenwirkens reduziert sich dabei zu einem Randproblem.

- Es wird zukünftig Werkzeuge geben, mit denen Endbenutzer Softwaresysteme konfigurieren können. Diese werden auf Frameworkkomponenten basieren.

- Zur Zeit sind Softwarekomponenten noch vergleichsweise monolithisch. In vielen Fällen repräsentieren sie sogar vollständige Anwendungen. Erwartet wird jedoch ein sehr viel feinerer Detaillierungsgrad von Softwarekomponenten.

Zusammenfassend kann man sagen: Componentware reichert objektorientierte Vorgehensweisen zusätzlich an. Sie führt zu einer bedeutenden Verschiebung: weg von der Veränderung durch Vererbung (und damit durch Programmierung) und hin zur Veränderung durch bloße Objektkomposition.

Die bereits oben genannten Kosten für die Wiederverwendung von individuellen Komponenten entstehen genauso für solche, die mit einem der Komponentenstandards entwickelt wurden. Daher lautet die zentrale Frage, wie die Entwicklung von Frameworks unterstützt werden kann, und nicht, auf welchem Komponentenstandard ein bestimmtes System basiert.

Kapitel 2

Auf dem Weg zu flexibler Software

Unabhängig davon, ob Software konventionell oder objektorientiert erstellt wird, versuchen Programmierer sie stets so flexibel wie möglich zu gestalten. Denn eines ihrer Ziele ist es, zukünftige Änderungsanforderungen leicht einbringen zu können. Obwohl es viele Möglichkeiten gibt, Flexibilität zu erreichen, sind die meisten Softwaresysteme bereits kurz nach Inbetriebnahme der ersten Version eine regelrechte Altlast. Das ist dann Software, die niemand mehr anzufassen, geschweige denn zu ändern wagt, da möglicherweise katastrophale Nebeneffekte nicht mehr abzuschätzen sind.

Adele Goldberg beschäftigt sich mit diesem Problem in ihrem Vortrag auf der OOPSLA'95 ([Go95]): Die meisten Programmierer erledigen ihre Programmieraufgaben noch immer, indem sie starre Systeme für spezielle Anwendungen bauen. In diesem Sinne ist es eine Herausforderung, sie auf die Erstellung wartbarer Systeme mit genügend Flexibilität für evolutionäre Veränderungen zu schulen.

In diesem Kapitel werden verschiedene Techniken vorgestellt, die dazu dienen, Software flexibel zu gestalten. Wir betrachten hierzu verschiedene Konzepte, beginnend bei grundlegenden, konventionellen bis hin zu fortschrittlichen, objektorientierten. Damit wollen wir eine Vorstellung von dem breitgefächerten Angebot der Techniken vermitteln. Wir möchten dabei betonen, daß objektorientierte Konzepte in diesem Feld nur eine, wenn auch sehr wichtige, Möglichkeit sind, um Software flexibel zu gestalten[1]. Wie dies mit frameworkorientierten Techniken erreicht werden kann, wird im Rest dieses Buches untersucht.

[1] Shaw und Garlan liefern in [ShGa96] einen sehr umfassenden Überblick über verschiedene Typen von Softwarearchitekturen.

2.1 Flexibilität durch Dualismus von Daten und Programm

Da sowohl Programme als auch Daten digital durch Bitströme dargestellt werden, können sie auf dem Abstraktionsniveau der Bitströme als gleichartig betrachtet werden. Diese Dualität bedeutet, daß ein Programm durchaus auch andere Arten von Eingangsdaten verarbeiten kann, beispielsweise wiederum ein Programm. Die zugehörigen Ausgangsdaten stellen dann ein transformiertes Programm dar. Natürlich kann solch eine Transformation wiederum auf das transformierende Programm selbst angewandt werden. Das klingt nach einem theoretischen Trick, wurde aber in den Anfangsjahren der Computerentwicklung verwendet, um Programme flexibler zu machen. Einige der in Maschinen- oder Assemblersprache geschriebenen Programme wurden selbstverändernd angelegt - ein Alptraum für alle, die diese Programme verstehen wollten!

Glücklicherweise boten höhere Programmiersprachen elegantere Möglichkeiten an, um Software flexibel zu erstellen. Das Konzept der Variablen und einige grundlegende Kontrollstrukturen (Auswahl und Schleife) lieferten die Flexibilität, um jeden Algorithmus auszudrücken. Daß diese wenigen Konstrukte bereits ausreichten, war zunächst allerdings nicht offensichtlich. Dazu muß man sich nur der leidenschaftlichen Diskussionen um das GOTO-Konstrukt erinnern.

Auf der Grundlage dieser neuen Konstrukte wurden Programme durch Modifikation ihrer Daten geändert. Dies ist bis heute die am weitesten verbreitete Art, um Softwaresysteme anzupassen. Die einfache Idee hinter dieser Vorgehensweise ist, daß Daten geändert werden, die getrennt abgespeichert vorliegen. Auf diese Weise werden dann die Werte von Variablen beeinflußt und als Konsequenz auch das Verhalten des gesamten Softwaresystems verändert. Das Programm interpretiert also quasi separate Daten[2]. Entsprechend benötigt eine Anpassung weder erneutes Übersetzen noch Binden. Im folgenden behandeln wir kurz zwei Anwendungen dieser Strategie: Ressourcen und Skriptsprachen.

Ressourcen

Abbildung 2.1 zeigt die prinzipielle Idee von Ressourcen. Daten, die von einer Anwendung interpretiert werden, liegen in eigenen Dateien vor.

[2] Philosophische Anmerkung: ob ein Bitstrom Daten oder ein Programm repräsentiert, hängt allein vom Abstraktionsniveau des Betrachters ab.

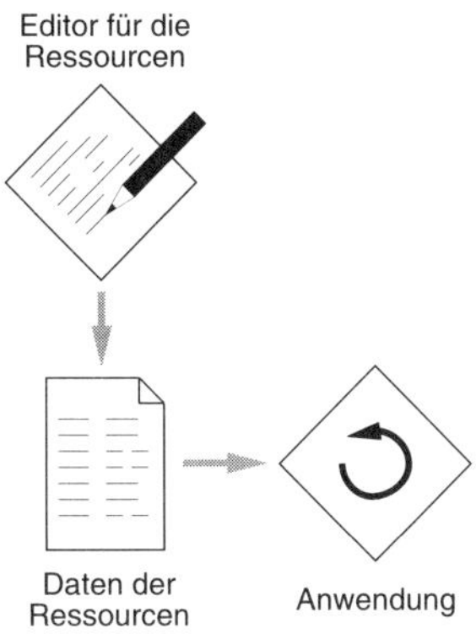

Abbildung 2.1: Flexibilität durch Ressourcen.

Die Struktur und Komplexität dieser Daten kann von einfachen Wertelisten, beispielsweise für Berechnungen in Anwendungen, bis zu stark strukturierten und hochkomplexen Daten, beispielsweise zur Beschreibung einer Nutzungsschnittstelle einer Anwendung, reichen. Die Wahl des Ressourceneditors hängt von der Komplexität der Ressourcendaten ab. In vielen Fällen reichen bereits einfache Texteditoren aus. So werden z. B. Ressourcen, die Konfigurationsdaten von Programmen enthalten, vielfach auf diese Art und Weise bearbeitet. Wenn GUI-Ressourcendateien bearbeitet werden sollen, dann wird man eher auf speziell angepaßte Editoren zurückgreifen. Im Falle der GUI-Ressourcen sind interaktive Schnittstellengestalter die idealen Ressourceneditoren. Ressourcendaten können ebenfalls in Datenbanktabellen abgelegt werden; in diesem Fall bieten sich Werkzeuge zur Tabellenmanipulation als elegante Lösung an.

Das Konzept der Ressourcen schränkt weder die Art der Anwendung ein, noch ihren Entwurf oder ihre Implementierung. Das heißt, Ressourcen lassen sich gleichermaßen gut für konventionelle als auch objektorientierte Programme einsetzen. So kann eine Ressourcendatei in einem objektorientiert spezifizierten Hotelreservierungssystem z. B. festlegen, welche Klasse für die Kursberechnungen bei Anwendungsstart instanziiert werden soll. Wie die Kurse im Reservierungssystem berechnet werden, kann neu eingestellt werden, indem dieser Aspekt in der zugehörigen Konfigurationsressource geändert wird.

Skriptsprachen und Makros

Obwohl Skripts und Makros konzeptuell lediglich eine spezielle Ausprägung von Ressourcen sind, unterscheiden sie sich von ihnen konkret darin, daß die Ressourcen von Skripts mittels eines expliziten Interpreters verarbeitet werden. Dieser liegt in der Regel getrennt von der Anwendung vor (s. Abbildung 2.2). Der Grund hierfür ist, daß solche Ressourcendaten bereits so etwas wie ein kleines Programm sind. Der Interpreter verarbeitet Skript- oder Makroressourcen und initiiert Aktionen, die auf Kommandos in diesen Ressourcen basieren. Eine Skriptsprache ist also eine einfache Programmiersprache, die u. a. durch attributierte Grammatiken (z. B. in EBNF) beschrieben werden kann.

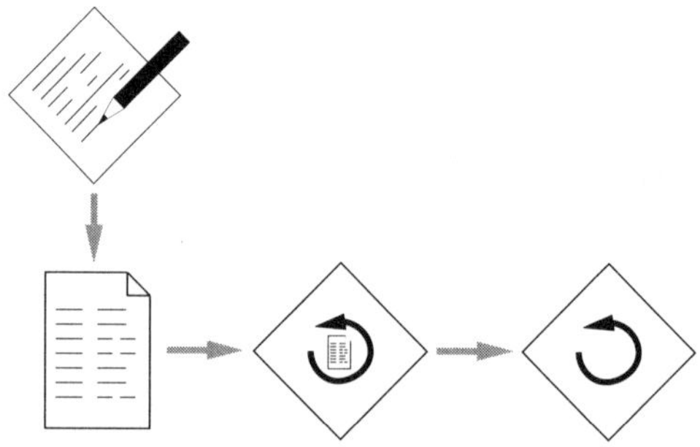

Abbildung 2.2: Verarbeitung von Skripts/Makros durch einen separaten Interpreter.

TCL, ein Akronym für **T**ool **C**ommand **L**anguage [Su96b], ist solch ein Skriptsprachensystem. Die Idee von TCL ist es, daß Programmierer (oder sogar Endbenutzer) verschiedene Anwendungen oder Anwendungskomponenten zusammensetzen können. Ein TCL-Skript besteht aus TCL-Kommandoketten. Abhängig von den Informationen dieser Ketten, ruft der TCL-Interpreter die zugehörige Prozedur in der Anwendung auf. Diese Prozedur wird dabei durch eine bestimmte Kommandozeile des Skriptes ausgewählt. In diesem Vorgang bindet der TCL-Interpreter quasi verschiedene Komponenten einer Anwendung zusammen.

Weitere Beispiele für Skriptsprachen sind Sprachen, um Makros für Tabellenkalkulation oder Hypercard-Skripts zu definieren. Genau wie Ressourcen sind Skriptsprachen unabhängig davon anwendbar, ob eine Anwendung auf konventionelle oder objektorientierte Art implementiert wurde.

2.2 Flexibilität durch Abstraktionskonzepte aus Programmiersprachen

Der nächste Schritt auf dem Weg zu flexiblen Softwarekomponenten umfaßt den Einsatz von Programmiersprachen mit höherem Abstraktionsniveau. Nun treten neben die bisher verwendeten Variablen und Kontrollflüsse weitere Konstrukte: Routinen (Prozeduren und Funktionen) und/oder Klassen. Solch ein Zuwachs an Flexibilität erfordert im allgemeinen auch mehr Programmieraufwand von den Programmierern, die Softwarekomponenten wiederverwenden wollen. Die nun folgenden Ansätze werden in einer Ordnung vorgestellt, die den sinkenden Grad an Flexibilität und entsprechend die leichtere Wiederverwendung widerspiegelt.

Routinen- und gewöhnliche Klassenbibliotheken

Strukturierte, prozedurale Programmiersprachen enthalten als Grundelemente Routinen. Objektorientierte Sprachen bieten Klassen an. Für beide Sprachansätze existieren bereits eine Anzahl von anwendungsspezifischen Bibliotheken, etwa für mathematische, GUI-, Netzwerk- oder Datenbankanwendungen. Im folgenden unterscheiden wir zwischen Bibliotheken mit Top-Down-Routinen, Bibliotheken mit Klassen und Bibliotheken mit Routinen im Callback-Verfahren.

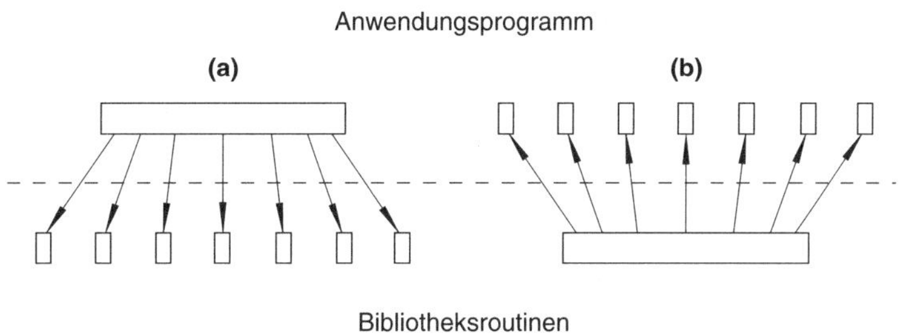

Abbildung 2.3: (a) Top-Down- kontra (b) Callback-Routinenbibliotheken.

Bibliotheken mit Top-Down-Routinen liefern keine Anwendungsstrukturen mit. Demzufolge müssen Anwendungsprogrammierer die gesamte Systemarchitektur selbst definieren (s. Abbildung 2.3(a)). Entsprechend müssen auch keine Mechanismen vorgesehen werden, um Anwendungsstrukturen flexibel zu gestalten. Routinen selbst können ziemlich komplex sein. Dennoch können sie - wie Nut und Feder - leicht zusammengesetzt werden. Das Verhalten einer einzelnen Routine wird durch ihre (Daten-)Parameter flexibel gehalten.

Von der Konzeption her sind die Bibliotheken mit Top-Down-Routinen fester Bestandteil von konventioneller Software, die auf schrittweiser Verfeinerung oder Top-Down-Zerlegung beruht: Komplexere Routinen rufen andere, elementarere Routinen auf. Abgesehen von anderen Nachteilen berücksichtigt diese Zerlegungstechnik die Struktur der Daten nicht. Dies führt zu globalen Datenstrukturen, die dann typischerweise von vielen Routinen manipuliert werden. So kommt es zum sogenannten Dominoeffekt: Änderungen der Datenstruktur und/oder von Routinen lösen eine Lawine von Änderungen aus und können außerdem noch Nebeneffekte haben.

Ähnlich wie Bibliotheken mit Top-Down-Routinen bestehen *Bibliotheken mit gewöhnlichen Klassen* aus einzelnen, mehr oder weniger unabhängigen Elementen, in diesem Fall natürlich Klassen. Auch sie liefern also keine Anwendungsstruktur mit. Entsprechend müssen Anwendungsprogrammierer die Gesamtarchitektur selbst definieren. Im Unterschied zu Routinen aber, bewegen sich Klassen auf einem höheren Abstraktionsniveau. Denn letztendlich fassen sie zusammengehörige Routinen zusammen. Außerdem erlaubt es das Vererbungsprinzip, daß Klassen verändert werden können, ohne daß ihr Quellcode angetastet werden muß (siehe hierzu auch Abschnitt 1.1).

Im Gegensatz zu den bislang vorgestellten Bibliotheken invertieren Bibliotheken mit Routinen im *Callback-Verfahren* den Kontrollfluß (s. Abbildung 2.3(b)). Zentrale Teile der Anwendungsarchitektur sind bereits in den Bibliotheksroutinen enthalten und können in der Anwendung verwendet werden. Die Flexibilität der Anwendungsarchitektur wird in diesem Ansatz wie folgt erreicht: Die Bibliotheksroutinen senden Aufrufe an verschiedene Routinen. Diese wurden zuvor in der Anwendung zusammen mit den Bibliotheksroutinen eingetragen. Der Anwendungsprogrammierer übergibt bestimmte Routinen als Parameterwerte an die Bibliotheksroutinen, wie es z. B. auch in der Programmiersprache C möglich ist. Die Bibliotheksroutinen selbst enthalten Aufrufe von Platzhalterroutinen, deren Bezeichner bereits durch die Parameterbezeichner definiert sind. An diesen Stellen werden dann die Anwendungsroutinen aufgerufen und so anwendungsspezifisches Verhalten hinzugefügt.

Wir wollen dieses Prinzip verdeutlichen, indem wir die typische Ereignisschleife einer Anwendung betrachten. Dabei wählen wir eine GUI-Anwendung als Beispiel. Die Kernaktivität einer solchen Anwendung ist das ständige Abwarten von Eingangsereignissen. Das können Aktionen mit der Maus oder der Tastatur sein, die in beliebiger Reihenfolge auftreten können. Diese Anwendungsstruktur wird *Ereignisschleife* genannt. Eine vollständige Ereignisschleife, einschließlich der notwendigen Initialisierung des Fenstersystems, kann leicht in einer Bibliotheksroutine untergebracht werden, wenn anwendungsspezifische Anteile später hinzugefügt werden können. Dies ist mit dem Callback-Verfahren möglich, bei dem eine mächtige Bibliotheksroutine Routinen aufrufen kann, die der Anwendungsprogrammierer zur Verfügung stellt.

Der Vorteil des Programmierens mit Callback-Verfahren im Bereich der GUI-Anwendungen ist, daß das Verwalten der komplexen, ereignisbasierten Systemumgebung komplett übernommen wird. Wie bereits oben genannt, definieren Bibliotheksroutinen die gesamte Anwendungsarchitektur und halten sie nur noch an bestimmten Punkten flexibel. Zu diesem Zweck bieten sie Routinenparameter an, sogenannte Einschubmethoden (engl. `hook methods`). Das wiederum beschränkt die Flexibilität der Programmierer. Funktionalität kann nur noch dort angefügt werden, wo die Entwickler der Bibliotheksroutine dies auch vorausgesehen haben.

Da Programmierer den Kontrollfluß nicht behandeln wie in konventionellen, Top-Down-Systemen, erfordert das Programmieren mit Callback-Verfahren eine gewisse Gewöhnung. Tatsächlich ähnelt das Arbeiten mit solchen Bibliotheken stark dem Verändern von objektorientierten Frameworks durch Vererbung, das heißt dem Arbeiten mit White-Box-Frameworks.

White-Box-Frameworks

Zur Erinnerung: Frameworks unterscheiden sich von gewöhnlichen Klassenbibliotheken dadurch, daß Frameworks zusätzlich die Architektur vorgeben. Sie beschreiben also auch die Interaktion zwischen verschiedenen Komponenten. Das Charakteristische für White-Box-Frameworks ist, daß sie aus einer Reihe von unvollständig spezifizierten Klassen bestehen. Das sind Klassen, die unvollständig spezifizierte Methoden enthalten, sogenannte abstrakte Methoden. Die Klasse `A` in der Beispielklassenhierarchie in Abbildung 2.4 verdeutlicht diese Eigenschaft. Ihre abstrakte Methode, die noch in einer Unterklasse überschrieben werden muß, ist grau markiert.

Um nun das Verhalten von White-Box-Frameworks zu verändern, wird Vererbung eingesetzt, und die Methoden in den Unterklassen der Frameworkklassen werden überschrieben. Eine derartige (Neu-)Definition von Methoden entspricht dem Bereithalten spezieller Funktionen in Bibliotheksroutinen mit Callback-Verfahren: Die Architektur der Anwendung verbleibt im Framework. Programmierer passen das Framework an, indem sie die Einschubmethoden überschreiben, die dann von anderen Methoden im Framework aufgerufen werden. Um Methoden zu überschreiben, muß ein Programmierer den Entwurf und die Implementierung des Frameworks zumindest bis zu einem gewissen Detaillierungsgrad verstanden haben.

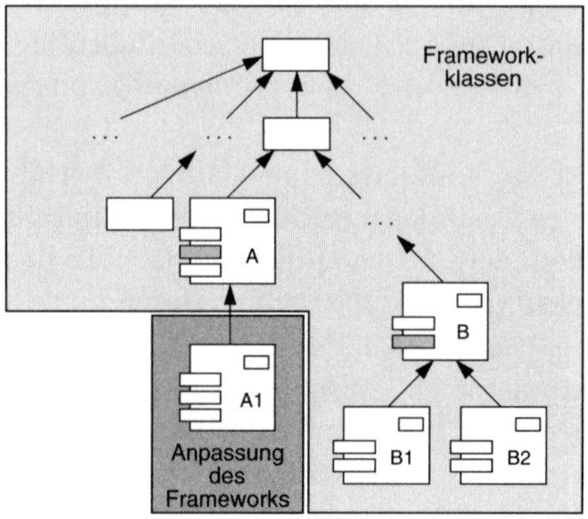

Abbildung 2.4: Beispiel einer Hierarchie von Frameworkklassen.

Der grundsätzliche Unterschied zwischen Routinenbibliotheken mit Call-back-Verfahren einerseits und White-Box-Frameworks andererseits entspricht dem Unterschied zwischen Bibliotheken mit Top-Down-Routinen und Klassenbibliotheken: In den jeweils letzten Fällen erlauben es Klassen, Softwaresysteme auf höherem Abstraktionsniveau zu strukturieren.

Black-Box-Frameworks

Black-Box-Frameworks sind Frameworks, deren Anpassungskonzept nicht auf unfertigen Klassen, sondern auf einer Anzahl fertiger Komponenten basiert. Änderungen werden durch Komposition dieser Komponenten erreicht, nicht durch die Vervollständigung von Unterklassen, sprich Programmierung.

In unserer Beispielklassenhierarchie aus Abbildung 2.4 besitzt Klasse B noch zwei Unterklassen B1 und B2, die beide eigene Implementierungen für B's abstrakte Methode enthalten. Nehmen wir nun an, daß die Komponenten des Frameworks, wie in Abbildung 2.5(a) gezeigt, zusammenwirken. Ein Programmierer könnte dieses Framework beispielsweise anpassen, indem er die Klassen A1 und B2 instanziiert und die zugehörigen Objekte an den für A und B vorgesehenen Stellen einsetzt (s. Abbildung 2.5(b)). Im Falle der Klasse B liefert das Framework eine gebrauchsfertige Unterklasse; im Falle der Klasse A muß der Programmierer die Unterklasse zuerst noch spezifizieren.

Gängige Frameworks sind weder reine White-Box- noch reine Black-Box-Frameworks. Wenn das Framework oft wiederverwendet wird, dann wird automatisch eine Vielzahl von Spezialisierungen entstehen und sich so eine Black-Box-Struktur ergeben. Entsprechend wird die White-Box-Schnittstelle

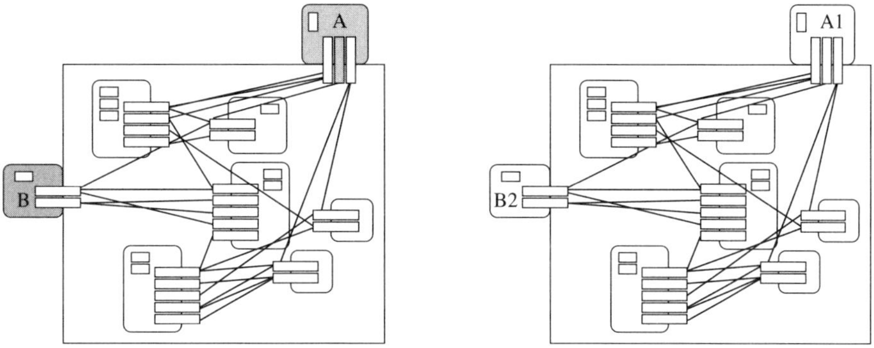

(a) (b)

Abbildung 2.5: Framework (a) vor und (b) nach der Spezialisierung durch Komposition.

an Relevanz verlieren. So entwickeln sich aus White-Box-Frameworks mit zunehmendem Reifegrad Black-Box-Frameworks.

Kapitel 3

Konstruktionsmuster für Frameworks

In den letzten Kapiteln haben wir die wesentlichen Merkmale von Frameworks betrachtet. Wir haben die zugehörige Technologie als weitere Möglichkeit vorgestellt, um Softwaresysteme flexibel zu gestalten. Frameworks erweisen sich gerade dann als besonders nützlich, wenn es darum geht, flexible und dennoch einfach wiederzuverwendende Architekturen zu realisieren. Dieses Kapitel beschäftigt sich ausführlich damit, wie Frameworks selbst zu erstellen sind. Vor allem, wie sie unabhängig von speziellen Anwendungsbereichen gestaltet werden können. Tatsächlich erweist sich die Konstruktion von Frameworks als sehr einfach und direkt, wenn man erst einmal weiß, an welchen Stellen Flexibilität notwendig ist. Wie das im einzelnen aussieht, zeigt Kapitel 4.

Nach einer kurzen Einführung zum Entwicklungsstand von Entwurfsmustern, werden einige wesentliche Konstruktionsansätze von Frameworks vorgestellt und in Beziehung zu Musterkatalogen gesetzt. Mittels einer Fallstudie über Simulationsframeworks illustrieren wir die angegebenen Konstruktionsmuster.

3.1 Muster - viel Lärm um Nichts?

In den letzten Jahren entwickelten sich (Entwurfs-)Muster zu einem vieldiskutierten Thema in der Softwaretechnikgemeinde. Grundsätzlich helfen Muster Komplexität in vielen Lebenssituationen zu reduzieren. Beispielsweise ist für viele Lebensbereiche eine Abfolge von Aktionen wichtig, um eine bestimmte Aufgabe zu lösen. Statt nun aus einer nahezu unendlichen Menge von möglichen Aktionsfolgen auswählen zu müssen, bieten Muster unter bestimmten Randbedingungen funktionstüchtige Lösungen an. Was bedeutet dieses Ergebnis nun bezogen auf Softwarekonstruktion?

Programmierer erstellen häufig Teile eines Softwaresystems, indem sie Programmstücke imitieren, die sie selbst früher schon erstellt haben oder aber von anderen Kollegen kennen - in der Regel wird dabei nicht kopiert! Bei solch einer Imitation muß das Muster, also die Basis des Programmstücks, zunächst erkannt werden und dann zum neu benötigten Programmstück weiterentwickelt bzw. angepaßt werden. Diese Vorgehensweise ist so alt wie die Programmierung selbst.

Entwurfsmuster stellen nun eine Abstraktion dieser Imitationstechnik dar. Anders ausgedrückt: Entwurfsmuster liefern eine Reihe von Regeln, die beschreiben, wie eine bestimmte Softwareentwicklungsaufgabe in einem bestimmten Kontext gelöst werden kann. Richard Helm beschreibt in [He96] worauf sich die Entwurfsmustergemeinde konzentriert, nämlich „on describing real systems and the experiences that we face in our everyday work in the software industry."

Nach solch allgemeinen Definitionen fallen auch Bücher über Algorithmen in die Kategorie der allgemeinen Entwurfsmuster der Softwareentwicklung. So beschreiben etwa Sortieralgorithmen, wie Elemente auf möglichst effiziente Art und Weise sortiert werden können. Dabei hängt dies von variierenden Kontexten ab, beispielsweise von Speicher- oder Laufzeitbedingungen.

Heute lassen sich geeignete Muster in beinahe allen Aktivitäten des Softwareentwicklungsprozesses finden. Das reicht von abstrakten organisatorischen Aspekten, wie Projekt- und Personalmanagement, bis hin zu Implementierungsaspekten, wie Hinweise und Ratschläge zum Gebrauch einer bestimmten Programmiersprache. Allerdings beschränken sich viele Muster noch immer auf den ursprünglichen Entstehungsbereich: die Konstruktion von Frameworks selbst.

Frameworks und Muster

Wie kann man das Entwickeln von Frameworks lehren? Allgemein wird interessierten Programmierern empfohlen, sich zunächst näher mit den verschiedenen, bereits existierenden Frameworks auseinanderzusetzen. Leider gibt es noch sehr wenige, wirklich gut entwickelte Frameworks. Außerdem ist die Analyse eines Frameworks eine mühsame Aufgabe. Schlechte Dokumentation von Frameworks macht das Studium des Entwurfes und der Implementierungsdetails mühsam und zeitraubend. Das Extrahieren von *Entwurfsmustern*, die mit vielen Implementierungsdetails vollgestopft sind, erfordert eine detaillierte Auseinandersetzung mit dem Framework. Manchmal ist es tatsächlich gar nicht möglich, bestimmte Entwurfsentscheidungen ohne weitere Hinweise zu verstehen.

Aus diesem Grund liegen die Wurzeln der Entwurfsmusterbewegung dort, wo versucht wurde, Frameworkkonstruktion abstrakter als mit Programmiersprachen zu beschreiben. Erich Gamma bereitete den Weg mit seiner Dissertation vor ([Ga92]). Diese Arbeit enthält eine katalogähnliche Darstellung von Entwurfsmustern. Er beschreibt dort auf informelle Weise Kernaspekte des GUI-Frameworks ET++ (s. [WeGa96]), wobei er informellen Text mit Klassen- und Objektdiagrammen kombiniert. Seine Arbeit bildete die Grundlage für die erweiterte, katalogähnliche Darstellung von mehr als 20 Entwurfsmustern im Buch der „Gang-of-Four", abgekürzt: GoF (s. [GHJV95]).

In [GHJV95] wird der Unterschied zwischen Frameworks und Katalogmustern wie folgt festgelegt:

> „... frameworks are implemented in a programming language. ...
> In this sense frameworks are more concrete than design patterns.
> ... mature frameworks usually reuse several design patterns."

Zwischenzeitlich haben auch andere Autoren Entwurfsmuster im Katalogstil publiziert, beispielsweise im Rahmen der Proceedings zur PLoP-Konferenz (Pattern Languages of Programming) [CoSc95] oder als Buchveröffentlichung [BMRS+96].

Diese Musterkataloge enthalten eine große Anzahl ähnlicher Einträge. Sie unterscheiden sich hauptsächlich in der Semantik der Aspekte (Methoden-/ Klassenbezeichner), die sie flexibel halten. In [Pr95] wird der Begriff Metamuster (engl. `meta patterns`) geprägt, und die Gemeinsamkeiten zwischen Katalogeinträgen werden untersucht.

Was fangen wir nun mit solchen Mustern an? In [LRPW+96] wird die Entwurfsmusterbewegung vom Standpunkt der Frameworks aus als Teil der Entwicklung der Frameworktechnologie betrachtet:

> „Patterns ... is one of the most recent fads [= Modetrend] to hit the framework camp. ... Expect more buzzwords to appear on the horizon."

Weil Entwurfsmuster zu einem Modebegriff in der Softwaretechnikgemeinde geworden sind, wird er bei jeder Gelegenheit verwendet und schmückt sogar Projektmanagement und organisatorische Arbeiten. Die Allgemeinheit des Begriffes Muster könnte der Grund sein, warum er scheinbar überall zu finden ist. Dies ist in der Regel ein deutlicher Hinweis auf ein beliebtes, aber noch zu selten mit Inhalt gefülltes Schlagwort.

3.2 Abstrakte Klassen und abstrakte Kopplung

Klassen, die ein allgemeines Verhalten beschreiben, repräsentieren typischerweise keine instanziierbaren Klassen, sondern deren Abstraktionen. Sie werden dann folgerichtig *abstrakte Klassen* genannt. In der Regel ist es nicht sinnvoll, Instanzen dieser Klassen zu erzeugen, da einige ihrer Methoden abstrakt sind und leere oder Platzhalter-Implementierungen enthalten. Die grundsätzliche Idee hinter solchen abstrakten Klassen ist sehr einfach:

- Eigenschaften (d. h. Instanzvariablen und -methoden) von ähnlichen Klassen werden in einer gemeinsamen Oberklasse zusammengefaßt und definiert.

- Einige Methoden, der so entstandenen abstrakten Klasse, können implementiert werden, während andere die Funktionen eines Platzhalters übernehmen oder vorläufige Implementierungen darstellen. Diese nennt man *abstrakte Methoden.* Obwohl abstrakte Methoden nicht implementiert werden können, liegen ihre Bezeichner und Parameter bereits fest, da erbende Klassen (auch Nachfolger oder Nachfolgeklassen[1] genannt) die Schnittstelle der Methode nicht mehr ändern können. Das bedeutet, daß eine abstrakte Klasse eine Standardschnittstelle für alle Nachfolger vorgibt. Instanzen aller Nachfolger einer abstrakten Klasse können damit mindestens auch alle die Nachrichten interpretieren, die in der abstrakten Klasse selbst definiert sind.

  Manchmal wird der Begriff *Protokoll* für diese standardisierende Eigenschaft verwendet: Instanzen der Nachfolgeklassen der Klasse A unterstützen das gleiche Protokoll wie die Instanzen von A selbst.

So ermöglichen es abstrakte Klassen, daß andere, auf ihnen basierende Klassen, bereits implementiert werden können. Die so entstehenden Softwarekomponenten hängen von dem Protokoll der abstrakten Klasse ab. Sie sind dadurch abstrakt mit ihr gekoppelt. In diesem Zusammenhang ist ganz wichtig, daß diese Komponenten problemlos mit Instanzen von allen zukünftigen Erweiterungen der abstrakten Klasse zusammenarbeiten können und zwar ohne jede Änderung und Neukompilation.

Bei der Implementierung solcher Komponenten werden Referenzvariablen verwendet. Diese besitzen als statischen Typ den Typ der Klasse, auf den die Komponente sich bezieht. Die Grundlage für die Zusammenarbeit von

[1] Eine Klasse, die von einer anderen Klasse erbt. Dies muß nicht notwendigerweise auf direktem Wege geschehen.

Komponenten und Instanzen der Nachfolgeklassen ist das Prinzip des Polymorphismus. Da dynamisch gebunden wird, können diese Instanzen ihr eigenes Verhalten mitbringen.

Das Schlüsselproblem besteht nun darin, geeignete Abstraktionen zu finden, so daß Softwarekomponenten implementiert werden können, ohne genauere Einzelheiten der konkreten Objekte zu kennen. Die Fallstudie zur diskreten Ereignissimulation verdeutlicht nun u. a. die zentrale Rolle abstrakter Klassen zusammen mit abstrakter Kopplung im Rahmen des Frameworkentwurfes. Das Simulationsframework in [ReWi92] inspirierte diese Fallstudie und ihren Entwurf.

Fallstudie: diskrete Simulation von Ereignissen

Im Verlauf dieses Buches stellen wir verschiedenste Aspekte des Frameworks zur Simulation diskreter Ereignisse vor. Dabei werden wir auch Details dieser Simulation darstellen, wenn dies inhaltlich sinnvoll und geboten scheint. Wir haben dieses Beispiel gewählt, da eine Simulation diskreter Ereignisse leicht verständlich und auf eine Vielzahl von Problemen anwendbar ist. Obwohl die meisten Menschen nur an Modellierung von Wartelisten in Speichern oder Banken denken, kann solch eine Simulation auch wesentlicher Bestandteil von Konfigurationswerkzeugen für Netzwerke und Workflowsysteme sein - um nur ein paar weitere Beispiele zu nennen. So stellen wir in Kapitel 4 eine Erweiterung des Simulationsframeworks vor, die dann auch das Kernstück eines Workflowsystems bilden kann.

Wie der Name schon sagt, stellen Ereignisse mit zugeordneter Zeit das zentrale Element in einer diskreten Ereignissimulation dar. Solche Ereignisse, wie etwa das Eintreffen eines Kunden, werden durch einen Zufallsgenerator erzeugt. Die Simulation selbst entwickelt sich von Ereignis zu Ereignis in Richtung der Zeitachse, also mit fortschreitender Zeit, und sammelt die relevanten statistischen Informationen.

Entsprechend sind Ereignisse die Schlüsselabstraktion in einem Simulationsframework. In ihrer Darstellung des Simulationsframeworks nennen Reiser und Wirth (s. [ReWi92]) diese Schlüsselabstraktion *Actor*:

> „The main simulation program always pairs an action with an event. ... We call that object an actor."

Damit sind Actors Paare von Aktion und Ereignis und wissen so stets, wie sie zu reagieren haben, wenn sie eine bestimmte Nachricht erhalten.

Abbildung 3.1 gibt eine Definition der abstrakten Klasse Actor in der Notation von Booch und Rumbaugh (s. [BoRu96]). Für Details dieser Notation verweisen wir auf Anhang A, der die für dieses Buch relevanten Elemente enthält. Actors besitzen eine Instanzvariable time, in der der Eintrittszeitpunkt des Ereignisses abgelegt wird. Die abstrakte Methode commit() ist die einzige Methode, die in diesem Protokoll definiert wird. Sie verkapselt die Funktionalität eines Actors. Das Simulationsframework ruft die Methode auf, wenn die Eintrittszeit vom Ereignis des Actors erreicht ist.

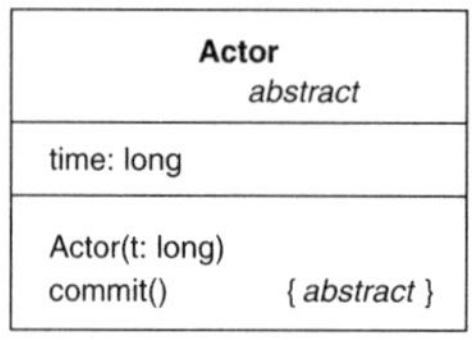

Abbildung 3.1: Definition der abstrakten Klasse Actor.

Warteschlangen (Queues) sind ein weiteres wichtiges Simulationselement. So bilden beispielsweise Kunden eine Warteschlange vor einer Service-Station. Analog zum Simulationsframework mit seinen Actors verwalten Warteschlangen gerade Objekte dieses Typs, etwa Kunden.

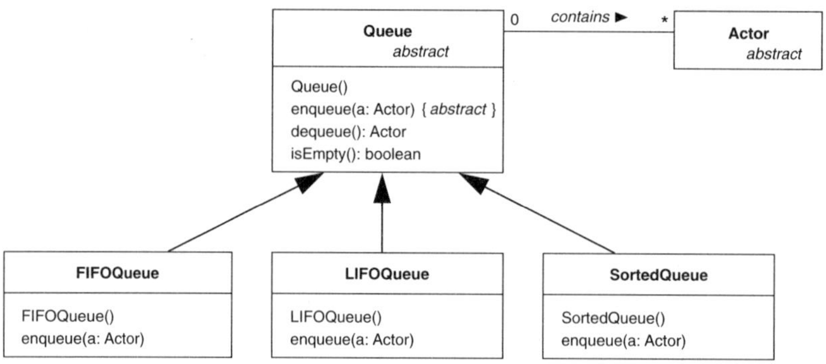

Abbildung 3.2: Klassen für Warteschlangen.

Eine Warteschlange kann Elemente u. a. nach dem FIFO- (first-in-first-out) oder nach dem LIFO- (last-in-first-out) Prinzip verwalten. Das Zeitattribut der Objektklasse Actor erlaubt darüber hinaus einen weiteren Warteschlangentyp einzuführen: die geordnete Warteschlange (hier: SortedQueue). Sie kann Einträge gemäß Eintrittszeitpunkten ordnen. Die verschiedenen Warteschlangen unterscheiden sich nur in der Art und Weise, wie sie ihre Elemente ordnen. Abbildung 3.2 zeigt die Schnittstelle der abstrakten Klasse Queue und ihrer direkten Nachfolger FIFOQueue, LIFOQueue und SortedQueue. Anhang D enthält die Java-Implementierungen des gesamten Simulationsframework einschließlich der Klassen für die Warteschlangen.

Die abstrakte Klasse Queue ist auch *abstrakt* mit der abstrakten Klasse Actor *gekoppelt.* Das heißt, daß Warteschlangen mit Instanzen zukünftiger Unterklassen von Actor kommunizieren können. Dieser einfache Fall der abstrakten Kopplung basiert auf dem Prinzip des Polymorphismus. In diesem Fall lassen sich die Methoden der Warteschlangen auf jeden Typ anwenden, der zu Actor kompatibel ist. Hier sei noch angemerkt, daß parametrisierte Typen, in C++ templates genannt, genauso verwendet werden könnten, um Queue und ihre Unterklassen generisch zu implementieren. Zur Zeit unterstützt Java diese parametrisierten Typen nicht.

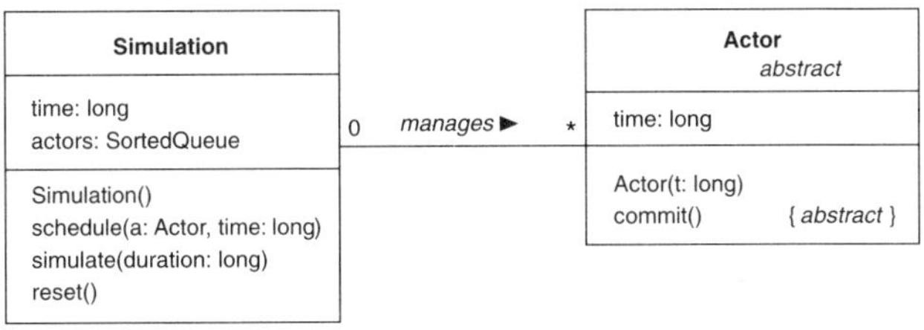

Abbildung 3.3: Abstrakt gekoppelte Simulationsklassen.

Die Klasse Simulation realisiert eine abstrakte Simulation auf der Grundlage des Protokolls der Klasse Actor. Also ist Simulation ebenfalls abstrakt mit Actor gekoppelt (siehe Abbildung 3.3). Grundannahme für das Simulationsframework ist, daß jedes beliebige diskrete Simulationssystem Ereignisse (der Actors) verarbeitet und jedes dieser Ereignisse zu einem bestimmten Zeitpunkt eintreten wird. Entsprechend besteht die Hauptaktivitiät des Simulationsframeworks darin, einfach über die Actors zu iterieren, wobei der Eintrittszeitpunkt des zugehörigen Ereignisses als Sortierkriterium dient. Dieser Prozeß ist in der Methode simulate() verkapselt. Während dieser Iteration wird jeweils der aktuelle Simulationszeitpunkt auf die Zeit des Actors eingestellt und eine commit-Nachricht an den entsprechenden Actor gesandt. Die Iteration endet, wenn die Simulationszeit, d. h. die Dauer der gesamten Simulation, verbraucht ist.

Entsprechend hält eine Instanz der Klasse Simulation Actor Objekte in einer geordneten Warteschlange (SortedQueue). Diese wird durch die Instanzvariable actors referenziert. Die Methode schedule() fügt einen Actor entsprechend dem Eintrittszeitpunktes seines Ereignisses in diese geordnete Warteschlange ein. Durch das Senden der Nachricht reset an ein Simulationsobjekt (Simulation) wird die Warteschlange der Actors gelöscht und die abgelaufene Simulationszeit zurückgesetzt, d. h. die Instanzvariable time wird auf den Wert 0 gesetzt.

Das Code-Ausschnitt 3.1 zeigt die Java-Implementierung der Methode simulate() in der Klasse Simulation.

```
public class Simulation {
        ...
        public void simulate(long duration) {
                Actor actor;
                long endOfSimulation = time + duration;
                do {
                    if (!actors.isEmpty()) {
                        actor= actors.dequeue();
                        time= actor.time;
                        actor.commit();
                    } else   // keine weiteren Actors in der Warteschlange
                        time= endOfSimulation+1;
                            // Verlassen der Schleife
                } while (time <= endOfSimulation);
        }
        ...
}
```

Code-Ausschnitt 3.1: Generische Simulationsschleife.

Fazit: Der Nutzen von abstrakten Klassen liegt darin, die Implementierung anderer, auf ihnen aufbauender Softwarekomponenten, zu erleichtern. In unserer Fallstudie beispielsweise realisiert die Klasse Simulation eine generische Simulationsschleife auf der Basis des Protokolls der Klasse Actor. Dabei besitzt die Klasse Simulation die wichtige Eigenschaft, daß jede Instanz dieser Klasse problemlos mit jeder beliebigen Instanz einer zukünftigen Unterklasse von Actor interagieren kann, das heißt ohne Änderungen und ohne Neuübersetzung dieser Klasse. Im Gegenzug bringt Actor sein eigenes Verhalten ein, indem die noch abstrakte commit()-Methode später überschrieben wird.

3.3 White-Box- und Black-Box-Entwurf

Erinnern wir uns noch einmal an die White-Box-Frameworks (s. Abschnitt 2.2). Bei ihnen haben Programmierer Vererbung eingesetzt, um Methoden in Unterklassen von Frameworkklassen zu überschreiben und so anzupassen. Andererseits haben wir die Black-Box-Frameworks, die fertige Klassen zur Verfügung stellen, so daß Anpassung durch Komposition erreicht wird. Typischerweise entwickeln sich White-Box-Frameworks mit der Zeit zu Black-Box-Frameworks. Diese Entwicklung ergibt sich vornehmlich durch häufiges Wiederverwenden. Unser Simulationsframework soll als Beispiel dafür dienen, wie solch eine Entwicklung vonstatten gehen kann.

Zum jetzigen Zeitpunkt stellt unser Simulationsframework lediglich ein White-Box-Framework im frühen Stadium der Entwicklung dar[2]. Um nun konkret eine einfache Registrierkasse in einem Supermarkt (`convenience store`) mit einer einzelnen Warteschlange zu simulieren, werden Erweiterungen des Basissimulationsframeworks notwendig.

Diese Erweiterungen sollten so entworfen werden, daß zukünftige Simulationen mit Warteschlange sie direkt als Black-Box-Komponenten wiederverwenden können.

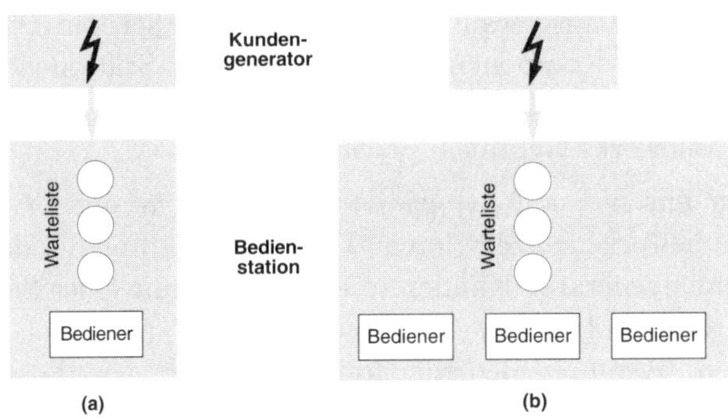

Abbildung 3.4: Simulation mit Warteschlange mit (a) einem und (b) mehreren Bedienern.

Abbildung 3.4 zeigt die wesentlichen Komponenten einer Simulation mit Warteschlange. *Kunden* (`Customer`) werden zufällig mittels eines *Kundengenerators* (`Customer Generator`) erzeugt. Ein *Bediener* (`Server`) bearbeitet hereinkommende Anforderungen der Kunden. Falls der Bediener belegt oder nicht zugreifbar ist, werden die Kunden vor dem Bediener in eine Warteschlange eingereiht. Sowohl *Warteschlange* als auch zugehörige Bediener bilden eine Einheit. Wir bezeichnen sie als *Service-Station* (`service station`).

[2] Die Klassenhierarchie um Queue sind reine Dienstklassen, die in diesem Zusammenhang keine Rolle spielen.

Black-Box-Komponenten für White-Box-Frameworks

Service-Stationen können sich auf verschiedene Weisen von einander unterscheiden. Zunächst einmal können sie einen oder mehrere Bediener anbieten (siehe Abbildung 3.4 (a) und (b)). Außerdem gibt es Simulationen, in denen die Service-Stationen unbegrenzten Warteraum für die auflaufenden Kunden anbieten, d. h. die Warteschlange unbegrenzt lang sein kann. Wieder andere beschränken gerade die Kapazität ihrer Warteschlange. Weiterhin können sich Service-Stationen auch in der Abarbeitungsstrategie ihrer Warteschlange unterscheiden. Im folgenden betrachten wir nun den einfachsten Fall einer Service-Station. Sie beschränkt ihren Warteraum nicht, bietet nur einen Bediener an und behandelt ankommende Kunden mittels des FIFO-Prinzips. Je mehr Simulationen mit diesem Framework gebaut würden, desto deutlicher würde, welche Black-Box-Service-Station am besten geeignet wäre. Aus diesem Grund sollte das Framework eine Vielzahl von Service-Stationen umfassen, so daß gute Chancen bestünden, daß für eine neue Simulation lediglich aus einer geigneten Kombination der bestehenden Service-Stationen und Kundenkomponenten ausgewählt werden muß. Es sei darauf hingewiesen, daß beide Black-Box-Komponenten - d. h. Service-Stationen und Kunden - von dem zeitbasierten Benachrichtigungsverfahren des zugrundeliegenden White-Box-Frameworks Gebrauch machen.

Wir wollen uns nun auf die *dynamischen Anteile* der Erweiterung des Simulationsframeworks konzentrieren. Wie in Abbildung 3.4 dargestellt, erzeugt der Kundengenerator Kunden, die ihrerseits mit einer Service-Station interagieren. Konkret benötigt ein neu erzeugter Kunde einen Bediener der Bedienerstation. Wenn ein Bediener frei ist, wird der Kunde sofort bedient; andernfalls wird er in die Warteschlange vor dem Bediener eingefügt. Sobald ein Bediener frei ist, wird gemäß Absprache die Nachricht activate an den Kunden gesandt, der als nächster an der Reihe ist. Dabei legen die Anforderungen des Kunden die Dauer der Bearbeitung fest. Nachdem der Kunde bearbeitet wurde, erhält er die commit-Nachricht, gibt den Bediener wieder frei und verläßt das Simulationssystem. Abbildung 3.5 illustriert mittels eines Interaktionsdiagramms die wesentlichen Aspekte der Interaktion zwischen einem Kunden und einer Service-Station.

Abbildung 3.6 zeigt die Klassendiagramme der Klassen SimpleServiceStation und Customer. Auf der folgenden Seite wird erläutert, warum Customer eine Unterklasse von Actor ist, während SimpleServiceStation nicht von Actor abgeleitet wird.

Im Code-Ausschnitt 3.2 wird nun die Implementierung der Methoden requestService(...) und free() der Klasse SimpleServiceStation angegeben.

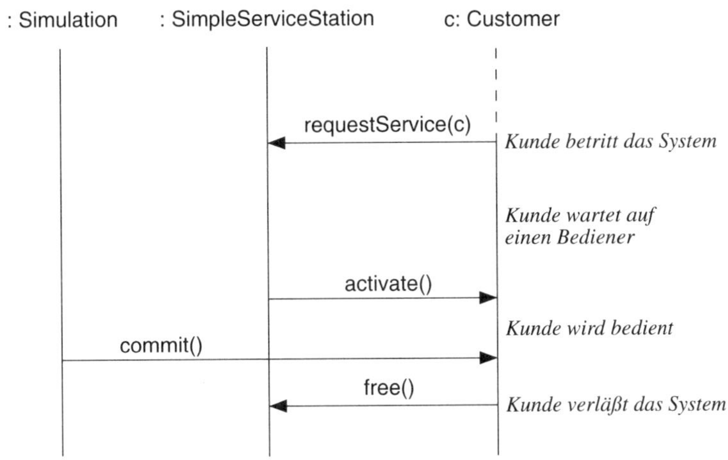

Abbildung 3.5: Interaktion zwischen Komponenten der Simulation.

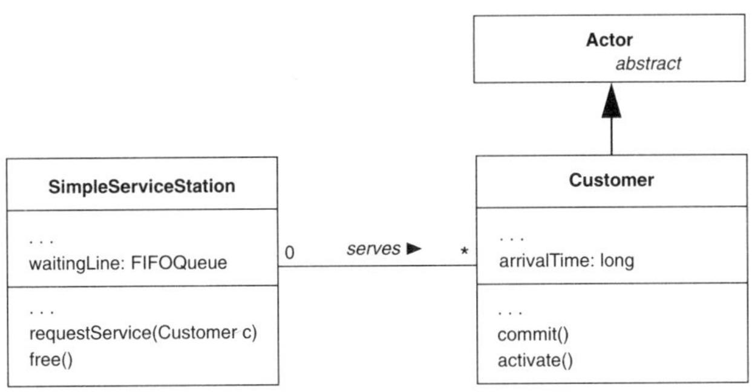

Abbildung 3.6: Klassen SimpleServiceStation und Customer.

```
public class SimpleServiceStation {
        ...
        public void requestService(Customer c) {
                if ( Warteschlange ist leer )
                        c.activate();
                        // Bediener verarbeitet die Kundenanfrage
                else
                        waitingLine.enqueue(c);
                // Erstellen von Statistiken über Warteschlange
                ...
        }
        public void free() {
                Actor actor;
                // Erstellen von Statistiken über Warteschlange
                ...
                if ( Warteschlange enthält Kunden ) {
                        actor= waitingLine.dequeue();
                        if (actor instanceof Customer)
                             ((Customer)actor).activate();
                }
        }
        ...
}
```

Code-Ausschnitt 3.2: Implementierungsdetails einer einfachen Service-Station.

Betrachten wir nun noch einmal die Klasse Actor des ursprünglichen Simulationsframeworks. Grundsätzlich sollen alle Simulationskomponenten, die zu einem bestimmten Zeitpunkt benachrichtigt werden müssen, Unterklassen der Klasse Actor werden. Da der bislang vorgestellte, einfache Bediener (SimpleServiceStation) kein zeitabhängiges Verhalten hat, wie z. B. Zeiten ohne Betrieb, ist es nicht notwendig, ihn als Unterklasse von Actor zu definieren. Anders ist dies beim Kundengenerator (CustomerGenerator) und dem Kunden (Customer) selbst, die eine zeitbasierte Benachrichtigung erwarten.

Betrachten wir unter diesem Gesichtspunkt den Kundengenerator genauer. Er erzeugt die Kunden zufällig. Ankommende Ereignisse sollen gemäß einer negativen exponentiellen Verteilung erzeugt werden. Diese wird durch die mittlere Rate der Ereignisse pro Zeiteinheit parametrisiert. Entsprechend passen wir das Simulationsframework an. Wir spezifizieren die Methode commit() der Klasse CustomerGenerator so, daß zunächst ein neuer Kunde erzeugt wird und dann bereits das nächste ankommende Ereignis - d. h. der nächste

CustomerGenerator-Actor - erzeugt und in die Warteschlange eingereiht wird. Code-Ausschnitt 3.3 zeigt die relevanten Anteile der Implementierung der Klasse CustomerGenerator. Die Methode negExp(...) wird aus dem Modul RandomNumbers (einem „Package" in Java) importiert und berechnet die entsprechenden Zufallszahlen auf der Basis der durchschnittlichen Ankunftsrate von Kunden. Um nun die Simulation zu starten, muß die Ankunft des ersten Kunden initiiert werden, indem ein CustomerGenerator-Objekt einem Simulation-Objekt übergeben wird (siehe auch Code-Ausschnitt 3.5).

```
public class CustomerGenerator extends Actor {
        SimpleServiceStation station;
        Simulation simulation;

        public CustomerGenerator(long t, SimpleServiceStation s,
                                    Simulation sim) {
                super(t);
                station= s;
                simulation= sim;
        }
        public void commit() {
                Customer c= new Customer(...);
                ...
                station.requestService(c);
                simulation.schedule(new CustomerGenerator(...),  // Actor
                    simulation.time +
                    (long)(RandomNumbers.negExp(station.arrivalRate))
                );
        }
        ...
}
```

Code-Ausschnitt 3.3: Implementierungsdetails der Klasse CustomerGenerator.

Kunden machen auf die folgende Art Gebrauch von dem zeitbasierten Benachrichtigungsmechanismus der Klasse Simulation: Sobald ein Kunde durch einen Bediener aktiviert wird, plant der Kunde das Ende seiner Bearbeitung. Entsprechend ruft das Objekt Simulation genau dann commit() auf, wenn der Bearbeitungszeitraum beendet ist. Anschließend gibt der Kunde den Bediener der Service-Station wieder frei (siehe auch Code-Ausschnitt 3.4).

```
public class Customer extends Actor {
        SimpleServiceStation station;
        Simulation simulation;
        long arrivalTime;
        ...
        public Customer(long t, SimpleServiceStation s, Simulation sim) {
                super(t);
                station= s;
                simulation= sim;
                arrivalTime= simulation.time;    // Zu statistischen Zwecken
        }
        public void commit() {
                station.free();
                // Erstellen von Statistiken über Wartezeiten
                ...
        }
        public void activate() {
                simulation.schedule(this,(long)(RandomNumbers.negExp(
                                        station.avrgServiceDuration))
                );
        }
        ...
}
```

Code-Ausschnitt 3.4: Implementierungsdetails der Klasse Customer.

Abbildung 3.7 zeigt die Klassenhierarchie des unterliegenden White-Box-Frameworks und seiner Black-Box-Erweiterungen. Es sei darauf hingewiesen, daß das Black-Box-Teilframework kein abstrakten Klassen mehr besitzt.

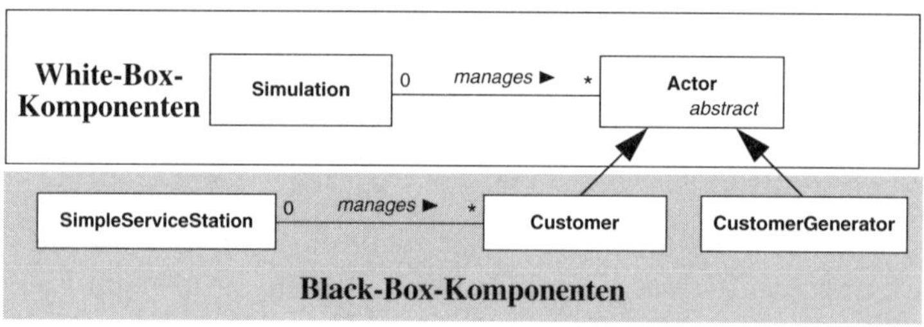

Abbildung 3.7: Black-Box- und White-Box-Komponenten im Simulationsframework.

Black-Box-Komposition

Aus den Black-Box-Komponenten CustomerGenerator, Customer und SimpleServiceStation zusammen mit dem allgemeinen, zeitbasierten Benachrichtigungsmechanismus können nun eine Vielzahl von Simulationen zusammengesetzt werden. Diese Simulationen müssen allerdings so beschaffen sein, daß sie einen bestimmten Typ einer Service-Station benötigen. Also gerade den, der durch die Klasse SimpleServiceStation unterstützt wird. Der Quellcode der Methode simulate(...) der Klasse ConvenienceStoreSim (siehe Code-Ausschnitt 3.5) zeigt solch eine Komposition.

```
public class ConvenienceStoreSim {
        ...
        public void simulate(int avrgServiceDuration, int arrivalRate,
                                int duration) {
                SimpleServiceStation station;
                Simulation simulation;
                CustomerGenerator generator;

                simulation= new Simulation();
                station= new SimpleServiceStation(simulation, arrivalRate,
                                                avrgServiceDuration, ...);
                generator= new CustomerGenerator(0, station, simulation);
                simulation.schedule(generator,0);
                        // mit Erzeugen von Kunden beginnen
                simulation.simulate(duration);

                station.provideStatistics();
        }
        ...
}
```

Code-Ausschnitt 3.5: Komposition einer Simulation für einen Supermarkt.

Solche Konfigurationen können Endbenutzer fertigstellen, ohne eine Zeile Code selbst zu schreiben. Sie könnten Simulationsszenarien mit interaktiven GUI-Editoren spezifizieren. Diese Editoren würden dann alle vorrätigen Black-Box-Komponenten zur Komposition anbieten.

Entwurfsüberlegungen

Betrachten wir noch einmal den Zusammenhang zwischen der Flexibilität der Architektur und den Vorteilen der Wiederverwendung, wie er in Kapitel 2 vorgestellt wurde. Die bislang entwickelten Black-Box-Klassen des Simulationsframeworks stellen Komponenten dar, die prinzipiell sehr einfach wiederverwendet werden können. Vorbedingung ist allerdings, daß ihr Entwurf und ihre Implementierung genau auf den neuen Sachverhalt passen. Wenn das nicht der Fall ist, dann werden weitere Black-Box-Klassen notwendig, die dann ihrerseits die abstrakten Klassen des ursprünglichen Simulationsframeworks erweitern. Was haben diese Überlegungen für Konsequenzen für weitere Verfeinerungstufen des Simulationsframeworks?

Zunächst müßte das Framework weitere Typen von Service-Stationen enthalten. Diese würden dann analog zu den oben bereits diskutierten Service-Stationen implementiert. Wahrscheinlich hätten diese Stationen genug Gemeinsamkeiten, um eine weitere abstrakte Klasse, beispielsweise ServiceStation genannt, einzuführen. Sie würde die gemeinsamen Anteile repräsentieren. Wenn Programmierer dann keinen geeigneten Stationstyp im Framework fänden, könnten sie einen passenden entwickeln, indem sie nur die Unterschiede zu diesem Allgemeineren spezifizierten. Dies bedeutete, daß zumindest nicht alle Implementierungen eines neuen Stationstyps wieder ganz von vorn beginnen müßten. Da die Entwicklung solch eines allgemeinen Stationstyps den Rahmen dieses Buches sprengen würde, sehen wir davon ab, die entsprechende abstrakte Klasse hier zu entwickeln.

Eine weitere Schwachstelle im bisherigen Entwurf ist die enge Kopplung der Klassen Customer, CustomerGenerator und SimpleServiceStation. Was bedeutet diese enge Kopplung in diesem Zusammenhang, und was sind ihre Auswirkungen? Instanzen der Klasse SimpleServiceStation hängen vom Protokoll der Objekte der Klasse Customer ab und umgekehrt. Einerseits stellt ein Customer-Objekt die Methoden commit() (von der Klasse Actor geerbt und überschrieben) und activate() zur Verfügung. Andererseits sendet eine Service-Station die Nachricht activate, um dem Kunden mitzuteilen, daß ein Bediener frei ist und die Bearbeitung beginnen kann. Zusätzlich hängen Objekte der Klassen CustomerGenerator und Customer vom Protokoll der Klasse SimpleServiceStation ab. Stellen wir uns nun einen Stationstyp vor, mit dem man auch simulieren kann, daß ein Bediener ausfällt. Natürlich müssen Kunden von solchen Ausfällen unterrichtet werden. Also muß nicht nur der Stationstyp, sondern auch eine spezielle Kunden- und Kundengeneratorklasse entwickelt werden. Allgemeiner betrachtet bedeutet dies, daß zukünftige Anforderungen, die nicht durch die vorhandenen Black-Box-Klassen abgedeckt werden können, immer auch zur Weiterentwicklung aller drei Simulationselemente führen könnten.

Der folgende Abschnitt untersucht nun Mittel, um Frameworks flexibler zu gestalten. Einige der vorgestellten Veränderungen des Simulationsframeworks reduzieren teilweise die starren Verbindungen zwischen den Black-Box-Klassen und tragen so zur Entkopplung der Simulationselemente bei.

3.4 Plazierung von Einschubmethoden

Betrachten wir noch einmal die Eigenschaften von Frameworks: Sie standardisieren Softwaresysteme für einen speziellen Anwendungsbereich und bestehen aus gebrauchsfertigen, aber noch unvollständigen Bausteinen; dabei ist die Gesamtarchitektur, d. h. die Komposition und Interaktion der Bausteine, ebenfalls vorgegeben.

Will man ein Framework wiederverwenden, bedeutet dies normalerweise das Zusammenstellen der gebrauchsfertigen Komponenten und/oder das Anpassen der Bausteine an spezielle Anforderungen, indem Methoden einiger Frameworkklassen in ihren Unterklassen überschrieben werden.

Ein Framework, das im voraus nicht festgelegt werden kann, muß generisch angelegt werden, so daß es leicht an spezielle Anforderungen angepaßt werden kann. Die Flexibilität wird durch geeignete Plazierung von Einschubmethoden erreicht, wie im folgenden weiter ausgeführt wird.

Flexibilität durch Vererbung

Man kann Einschubmethoden als Platzhalter oder als flexible Hot-Spots betrachten, die ihrerseits durch komplexere Methoden aufgerufen werden. Diese komplexen Methoden werden gemeinhin als *Schablonenmethode* (engl. `template method`[3]) bezeichnet (s. [WWWi90, GHJV95, Pr95]). Schablonenmethoden können abstraktes Verhalten oder generischen Kontrollfluß oder auch Interaktion zwischen Objekten definieren. Die prinzipielle Idee der Einschubmethoden ist, daß das Überschreiben an vorgegebenen Einschubstellen das Verhalten des Objektes verändert, ohne daß der Quellcode der zugehörigen Klasse geändert werden muß.

Nehmen wir nun die Methode simulate() in der Klasse Simulation als ein Beispiel für eine Schablonenmethode (s. Code-Ausschnitt 3.1). Sie definiert auch den zeitbasierten Benachrichtigungsmechanismus für Actors. Der aktuelle Entwurf der Simulationsschleife ist nicht flexibel genug, um zusätzliche Aktionen bei der Verarbeitung eines Actors zuzulassen.

[3] Diese „template methods" sind von den gleichnamigen Methoden in C++ zu unterscheiden, die eine völlig andere Bedeutung haben.

```
public class Simulation {
    ...
    public void simulate(long duration) {
        ...
        do {
            if (!actors.isEmpty()) {
                ...
                notificationHook();
            } else
                ...
        } while (time <= endOfSimulation);
    }
    public void notificationHook() {
    }
    ...
}
```

Code-Ausschnitt 3.6: Simulationsschleife mit Einschubmethode.

So gibt es z. B. Simulationen, bei denen die Anzahl der Benachrichtigungen abfragbar sein soll. Um diese Anforderung zu ermöglichen, wäre es am einfachsten, einen Zähler jeweils um eins zu erhöhen, wenn ein Actor in der Simulationsschleife verarbeitet wurde. Die Methode simulate(), wie sie jetzt besteht, bietet keine geeignete Einschubmethode an. Code-Ausschnitt 3.6 zeigt die nun veränderte Schablonenmethode simulate() mit eingebauter Einschubmethode **notificationHook**.

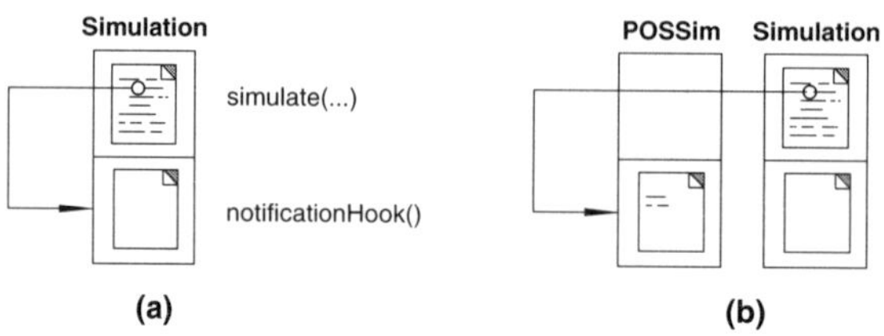

Abbildung 3.8: (a) Schablonen- und Einschubmethoden und (b) Überschreiben einer Einschubmethode.

Per Default besitzt die Einschubmethode (engl. `hook method`) eine leere Implementierung. Der einzige Nutzen dieser Methode liegt darin, mehr Flexibilität zu erreichen. So müssen beispielsweise Wiederverwender der Klasse Simulation, die die Anzahl der Benachrichtigungen zählen wollen, nur noch diese eine Methode überschreiben, um damit die gesamte Methode simulate() anzupassen.

Abbildung 3.8 gibt schematisch die grundlegende Idee wieder, wie Einschubmethoden explizit markiert werden, um sie dynamisch binden zu können. Dies bedeutet dann, daß überschriebene Einschubmethoden tatsächlich ihre Schablonenmethode verändern.

Originalentwurf:

```
public class CustomerGenerator extends Actor {
        ...
        public void commit() {
                Customer c= new Customer(...);
                station.requestService(c);
                ...
        }
        ...
}
```

flexiblerer Entwurf mit Einschubmethode:

```
public class ActorGenerator extends Actor {
        ...
        public void commit() {
                Actor a= makeActor();
                station.requestService(a);
            // erfordert Änderung des Parametertyps
                ...
        }
        public Actor makeActor() {
                return new Customer(...);
        }
        ...
}
```

Code-Ausschnitt 3.7: Ein flexibler Kundengenerator.

Betrachten wir nun ein anderes Beispiel für eine Einschubmethode: Eine zusätzliche Einschubmethode kann die Kopplung zwischen den Klassen CustomerGenerator und Customer mindern. Im aktuellen Entwurf muß jedesmal, wenn eine Service-Station ein bestimmtes Protokoll von einer Unterklasse von Actor benötigt, eine weitere Generatorklasse implementiert werden, die diesen speziellen Actor erzeugt. Das Problem ist vor allem die explizite Erzeugung von Kunden (new Customer). In Code-Ausschnitt 3.7 ist diese Stelle besonders markiert (Fettdruck). Statt dieser Lösung könnte man nun eine Einschubmethode makeActor einführen, die an dieser Stelle aufgerufen wird. Deren Defaultaktion im Rahmen unserer Fallstudie ist es dann, eine Instanz von Customer zu erzeugen. Es sei darauf hingewiesen, daß der statische Rückgabeparameter von makeActor, passend zum Methodenbezeichner, gerade ein Actor ist. Entsprechend muß der Parametertyp von requestService(...) ebenso vom speziellen Typ Customer zum abstrakten Typ Actor geändert werden. Daraus ergibt sich dann der Klassenbezeichner ActorGenerator.

In beiden Code-Ausschnitten befinden sich die Schablonen- und Einschubmethoden in einer Klasse. Der Konstruktionsansatz ist derselbe: Generisches Verhalten, also Kontrollfluß, der flexibel bleiben soll, wird in Einschubmethoden verkapselt. Die Einschubmethoden unterscheiden sich lediglich in ihren Bezeichnern. Diese geben die semantischen Elemente an, die durch die Methoden flexibler gestaltet werden sollen.

Im Falle des CustomerGenerator ist die Erzeugung der Objekte nun flexibel. Solche Art der Objekterzeugung gibt es natürlich in allen Frameworks, unabhängig von ihrer inhaltlichen Ausrichtung. Wie Einschubmethoden solche Objekterzeugungen flexibel gestalten können, ist auch Teil des GoF-Musterkataloges. Die Beziehungen zwischen den Einträgen des GoF-Musterkataloges und den Konstruktionsprinzipien von Frameworks werden ausführlich in Abschnitt 3.6 betrachtet.

Wenn sowohl Schablonen- als auch Einschubmethode sich in einer Klasse befinden, kann Verhalten nur dann verändert werden, wenn weitere Unterklassen definiert werden. Damit sind Anpassungen zur Laufzeit nicht möglich, da diese Unterklassen mit der speziellen Klasse nicht abstrakt gekoppelt sind. Ein Lösungsansatz für diese Fragestellung wird im folgenden Abschnitt genauer betrachtet.

Flexibilität durch Komposition

Einschubmethoden erlauben flexible Anpassungen zur Laufzeit, wenn ihre Klasse mit der Klasse (abstrakt) gekoppelt ist, die die zur Einschubmethode zugehörige Schablonenmethode enthält. Zur Anpassung werden dann Komponenten mit konkreten Implementierungen für die Einschubmethoden eingesetzt. Wir kennen dieses Konstruktionsprinzip bereits als Basis der abstrakten Kopplung. Erinnern wir uns beispielsweise an die abstrakte Kopplung zwischen Simulation und Actor. Die Methode simulate(...) der Klasse Simulation verarbeitet Objekte der Klasse Actor abstrakt, indem sie ihnen commit-Nachrichten sendet. Die Methode commit() der Klasse Actor ist also eine weitere Einschubmethode der Schablonenmethode simulate(...). Das Verhalten der Schablonenmethode, in diesem Fall die Auswirkungen der zeitbasierten Benachrichtigung, hängt ausschließlich von der Implementierung durch die Einschubmethoden in den speziellen Instanzen der Unterklassen von Actor ab. Diese Unterklassen werden einem Objekt Simulation durch seine Methode schedule(...) zugeordnet.

Um den Unterschied zu verstehen zwischen Anpassungen zur Laufzeit und Anpassungen, die Anwendungsneustarts erfordern, betrachten wir noch einmal den Entwurf der Dienstklasse Warteschlange. Im Originalansatz wurde die abstrakte Methode enqueue(...) in Unterklassen überschrieben, die auf diese Weise verschiedene Warteschlangenstrategien realisieren. Alternativ könnte auch eine Schablonenmethode enqueue(...) in der Klasse Queue eingeführt werden, die die Aufgabe einfach einem zugeordneten QPolicy-Objekt zuweist (siehe Abbildung 3.9).

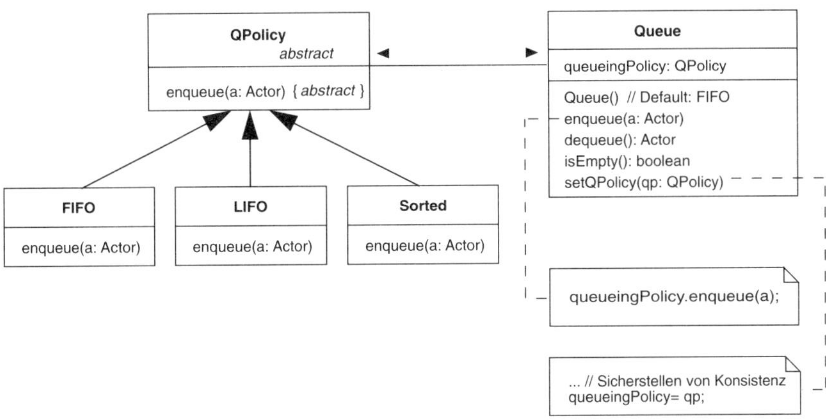

Abbildung 3.9: Warteschlange mit abstrakt gekoppelter Warteschlangenstrategie.

In der ursprünglichen Lösung konnte eine bestimmte Warteschlange ihre Strategie nicht zur Laufzeit ändern. Dafür hätte das Objekt seine Klasse selbst ändern müssen. Sollte eine derartige flexible Struktur für die Simulation gefordert werden, dann müßte die Methode enqueue(...) zu einer Einschubmethode werden. Diese würde dann in eine andere Klasse eingebaut, die dann ihrerseits abstrakt mit der Klasse Queue gekoppelt wäre.

Wenden wir uns dem folgenden, für Warteschlangen typischen Detail im Beispiel zu: Der Kommentar zur Methode setQPolicy(...) in Abbildung 3.9 macht deutlich, daß explizit für Konsistenz gesorgt werden muß, wenn die

Warteschlangenstrategie geändert wird. Wenn z. B. aus einer Warteschlange mit FIFO-Strategie eine geordnete Warteschlange wird, dann müssen alle bereits in der Warteschlange enthaltenen Actors gemäß ihres Zeitattributes neu sortiert werden. Zusätzlich muß die ursprüngliche Ordnung gespeichert werden, so daß wieder auf FIFO- oder LIFO-Strategie umgestellt werden kann. Ein Wechsel von der FIFO- zur LIFO-Strategie und umgekehrt erfordert Veränderungen der internen Referenzen zum ersten Element der Warteschlange. Die einfachste Art Konsistenz zu erhalten, wäre die Warteschlange vollständig zu leeren, bevor ein Wechsel der Strategie wirksam wird.

Denken wir noch einmal an die abstrakte Klasse für Service-Stationen, die sich sicherlich aus dem Bedarf an verschiedenen Typen von Service-Stationen ergäbe (s. Seite 38). Eine derartige abstrakte Service-Station könnte die neue, flexiblere Warteschlange verwenden, um ihre eigene Warteschlange zu implementieren. Das würde nicht nur einen leichten Wechsel zwischen verschiedenen Strategien von Warteschlangen erlauben, sondern vor allem auch eine leichte Integration von neuen Strategien in das Simulationsframework unterstützen.

Skalierbarkeit von Einschubmethoden

Was nun Schablonenmethode und was Einschubmethode ist, hängt wesentlich vom Standpunkt ab. Vergleicht man die Einschubmethode mit der sie aufrufenden Schablonenmethode, so ist die Einschubmethode der elementarere Teil. In einem anderen Kontext kann die Schablonenmethode als Einschubmethode einer weiteren Schablonenmethode auftreten. Beispielsweise ist die Methode commit() der Klasse ActorGenerator eine Schablonenmethode, die makeActor() als Einschubmethode verwendet. Im Kontext der Klasse Simulation übernimmt die Methode simulate() die Rolle der Schablonenmethode und verwendet nun ihrerseits commit() als Einschubmethode.

Anders ausgedrückt: Einschubmethoden sind nicht notwendigerweise wenig umfangreiche Methoden, sondern können auch größere Systemstücke umfassen (siehe Abbildung 3.10).

Im Idealfall müssen Programmierer nur die elementarste Einschubmethode überschreiben, um das Verhalten der alles umfassenden Schablonenmethode zu beeinflussen. Viele Autoren, u. a. auch [WGMa89], beschreiben dieses Entwurfsprinzip für Frameworks als das *Prinzip der Vererbung enger Schnittstellen* (engl. `principle of narrow inheritance interface`). Leider ergeben sich beim Entwurf von Klassen nach diesem Prinzip Zielkonflikte: Bei einem guten Entwurf von Klassenschnittstellen im Rahmen von Frameworks sollte ein ausgeglichenes Verhältnis zwischen der gewünschten Flexibilität und dem Aufwand zur Anpassung von Klassen bestehen.

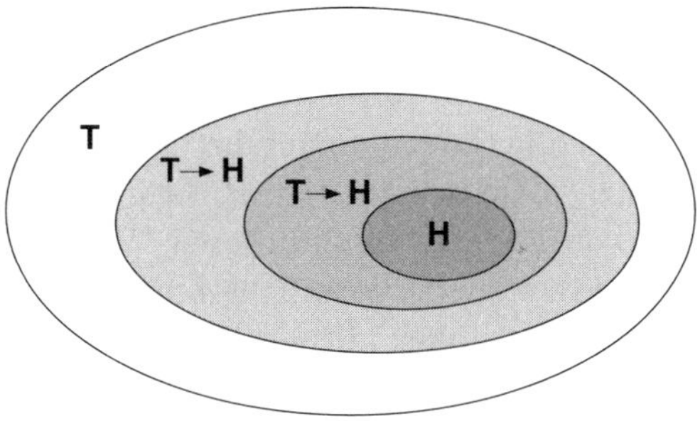

Abbildung 3.10: Transformation von Schablonenmethoden zu Einschubmethoden.

Eine Klasse mit mächtigen Schablonenmethoden, die sich nur auf wenige Einschubmethoden abstützt, erfordert extrem wenig Anpassungsaufwand. Das Verhalten wird angepaßt, indem alle Einschubmethoden oder Teile davon in den Unterklassen überschrieben werden. Jedoch kann die Mächtigkeit der Schablonenmethoden u. U. die Flexibilität der ganzen Objektklasse einschränken. Wenn die Einschubmethoden so angelegt sind, daß sie für bestimmte Änderungen der Schablonenmethode nicht mehr ausreichen, dann wird die Klasse starr und unflexibel. Als Folge muß dann die gesamte Schablonenmethode überschrieben werden. Damit besitzen Schablonenmethoden wohl das Potential, um den Anpassungsaufwand zu reduzieren ohne die Flexibilität einzuschränken, sie laufen dabei aber Gefahr, daß Klassen zu starr werden. Das ließe im Gegenzug die Anpassungskosten wieder enorm ansteigen.

Frameworks mit Schablonen- und Einschubmethoden

Aus dem bisher gesagten läßt sich folgern, daß Klassen in ausgereiften Frameworks mächtige, aber dennoch flexible Schablonenmethoden enthalten sollten. Sie müssen speziell dort flexibel sein, wo der konkrete Anwendungsbereich es erfordert. Im Idealfall müssen Programmierer nur die elementarste Einschubmethode überschreiben, um ein Framework an ihre Anforderungen anzupassen. Der Entwurf der zugehörigen Klassenschnittstellen durchläuft im allgemeinen sehr viele Iterationsschritte. Dies wird durch die verschiedenen Verwendungen von Frameworks in speziellen Zusammenhängen verursacht. Während dieser Iteration kann deutlich werden, daß die Schablonenmethoden zu starr angelegt wurden. Als Folge müssen dann weitere Einschubmethoden eingesetzt werden. Außerdem können sich aus dem Gebrauch von Klassen Einsichten ergeben, wie zusätzliche Schablonenmethoden definiert werden sollten. Wenn z. B. Programmierer beim Anpassen eines Frameworks wiederholt ähnlichen Kontrollfluß implementieren müssen, dann sollten weitere Schablonenmethoden eingeführt werden.

Es ist nicht möglich, allgemein gültige Richtlinien anzugeben, die gute Schablonenmethoden von Beginn an garantieren. Wichtig ist vor allen Dingen, die Zielkonflikte zu verstehen, die auftreten, wenn Schablonen- und Einschubmethoden kombiniert werden, die gemäß dem Vererbungsprinzip der engen Schnittstellen entworfen wurden. Der gesunde Mittelweg hängt sicher von den anwendungsspezifischen Anpassungen der Frameworks ab.

3.5 Muster für Kombinationen von Einschubmethoden

Der vorherige Abschnitt illustrierte die wichtigste Eigenschaft von Einschubmethoden: Sie gestalten Frameworks flexibler. Die flexiblen Anteile in Frameworks werden auch Hot-Spots genannt. Wir haben auch gesehen, daß die Granularität eines Hot-Spots, der auf einer Einschubmethode basiert, nur vom umgebenden Kontext abhängt.

Wir definieren nun die Klasse, die die Einschubmethode enthält, als *Einschubklasse* H[4] (engl. `hook class`) und die Klasse, die die Schablonenmethode enthält, als *Schablonenklasse* T[5] (engl. `template class`). Damit parametrisiert eine Einschubklasse quasi ihre Schablonenklasse. Dies ist ebenfalls eine kontextabhängige Unterscheidung, die unabhängig von der Komplexität der beiden Klassen ist. Daraus folgt nun, daß sich die wesentlichen Konstruktionsprinzipien zur Gestaltung von Flexibilität ableiten lassen, indem alle möglichen Kombinationen dieser beiden Klassenarten betrachtet werden. Da Schablonenmethoden und Einschubmethoden von jeder beliebigen Komplexität sein können, werden auch die Konstruktionsprinzipien beliebig skaliert. Aus diesem Grund blenden wir kurzfristig die anwendungsspezifische Semantik von Schablonen- und Einschubklassen aus, um dadurch ein klareres Bild von der Flexibilitätsgestaltung in Frameworks zu erhalten.

3.5.1 Vereinigungsmuster und Trennungsmuster

Vereinigungsmuster und Trennungsmuster sind zwei grundlegende Möglichkeiten, um Schablonen- und Einschubklassen zu kombinieren. Der vorherige

[4] H ist vom englischen Begriff abgeleitet. - PL
[5] T ist vom englischen Begriff abgeleitet. - PL

Abschnitt hat bereits den wichtigsten Unterschied zwischen ihnen vorgestellt. Wenn Schablonen- und Einschubklassen zu einer Klasse vereinigt werden (genannt TH in Abbildung 3.11(a)), dann können Anpassungen ausschließlich durch Vererbung erfolgen. In diesem Fall muß die Anwendung neugestartet werden.

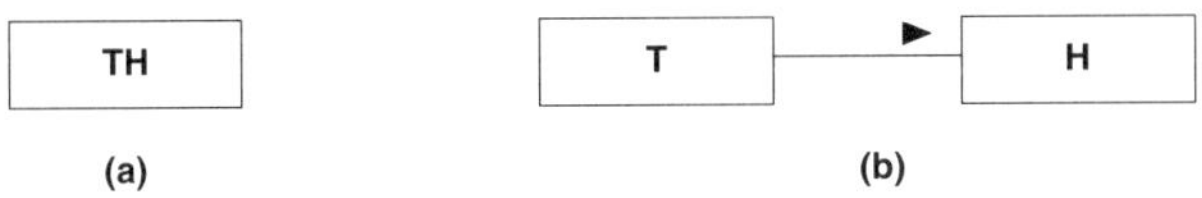

Abbildung 3.11: (a) Vereinigung und (b) Trennung von Schablonen- und Einschubklassen.

Die Trennung von Schablonen- und Einschubklassen entspricht der abstrakten Kopplung von Objekten dieser Klassen. Entsprechend kann das Verhalten eines T-Objektes durch Komposition, d. h. durch Einsetzen von speziellen H-Objekten, geändert werden.

Die gerichtete Beziehung zwischen T und H drückt aus, daß ein T-Objekt auf ein H-Objekt verweist. Diese Verbindung ist notwendig, da ein T-Objekt dem zugeordneten H-Objekt Nachrichten senden muß. Zumeist verwaltet eine Instanzvariable in T diese Beziehung. Andere Möglichkeiten hierfür sind globale Variablen oder temporäre Beziehungen, bei denen Objektreferenzen durch Methodenparameter übergeben werden. Da die wirkliche Kopplung von T- und H-Objekten ein nebensächliches Implementierungsdetail darstellt, wird sie hier nicht weiter ausgeführt. Dies gilt auch für die Semantik, die durch die Beziehung ausgedrückt wird. Ob die Objektbeziehung beispielsweise eine *benutzt-* (`uses`) oder *Teil-von-* Beziehung (`part-of`) darstellt, hängt vom vorhandenen Kontext ab und muß im Rahmen dieser zentralen Konstruktionsprinzipien nicht weiter betrachtet werden.

Die Trennung von Schablonen- und Einschubklassen ist auch eine Vorbedingung für Anpassungen zur Laufzeit. Nehmen wir die Klasse Queue und die zugeordnete Klasse QPolicy als Beispiel (siehe Abbildung 3.12).

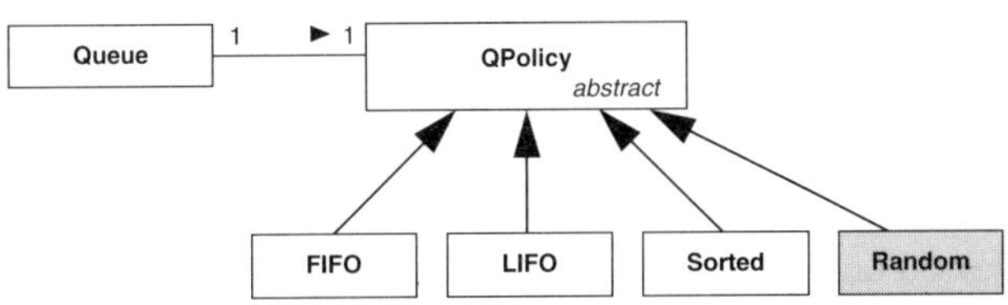

Abbildung 3.12: Definition einer weiteren Warteschlangenstrategie.

Queue ist nun die Schablonenklasse, deren Verhalten durch die Einschubklasse QPolicy festgelegt wird. Jetzt soll eine weitere QPolicy-Klasse, genannt Random, entwickelt werden. Diese soll Actors an zufälligen Positionen in die Warteschlange einfügen. Danach soll es möglich sein, die neuentwickelte Klasse in weiteren Anwendungen zu verwenden, ohne den Quellcode zu verändern.

Für compilierte Sprachen gilt, daß die Betriebsumgebung in diesem Fall dynamisches Binden unterstützen muß. Außerdem muß Metainformation (über Objekte und Klassen zur Laufzeit) gehalten werden, um weitere H-Objekte in T-Objekte einsetzen zu können. Was hätte das für Konsequenzen? Wenn ein Anwender einer bestehenden Simulation die Strategie der Warteschlange in einer Service-Station verändern wollte, könnten ihm in einem Dialog alle auswählbaren Strategien angeboten werden. Anschließend könnte er die gewünschte auswählen. Um diese Vorgehensweise zu realisieren, müßte der Programmierer der Anwendung die Möglichkeit haben zu fragen, welche Unterklassen von QPolicy existieren. Wenn Random in die Anwendung eingebunden wurde, muß diese zusätzliche Unterklasse ebenfalls angeboten werden. Daraus folgt, daß die notwendigen Metainformationen des Laufzeitsystems eine weitere entscheidende Vorbedingung für solche Anpassungen sind.

3.5.2 Rekursive Komposition von Mustern

Eine Schablonenklasse darf ihrerseits auch wiederum Nachfolgerin einer Einschubklasse sein (siehe auch Abbildung 3.13(a)). Im Extremfall sind Schablonenklasse und Einschubklasse sogar vereinigt (siehe Abbildung 3.13(b)).

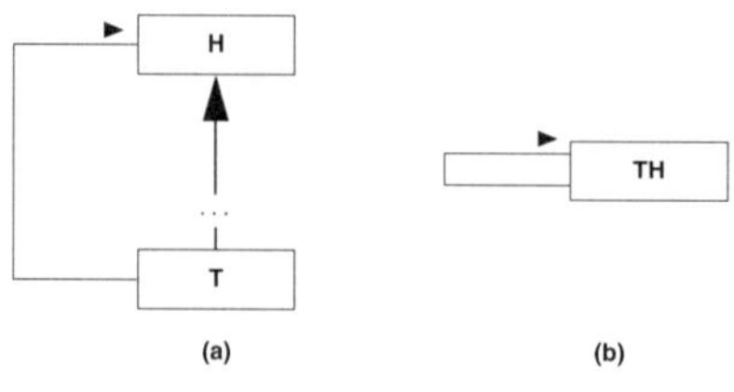

Abbildung 3.13: Rekursive Kompositionen von Schablonen- und Einschubklassen.

Es sei darauf hingewiesen, daß es nicht sinnvoll ist, Einschubklassen als Nachfolger ihrer eigenen Schablonenklassen zu definieren. Denn allgemein gilt, daß Schablonenmethoden konkreter sind als Einschubmethoden. Einschubmethoden müssen erst in Unterklassen überschrieben werden. Aus diesem Grund sollten die konkreteren Schablonenklassen nie Oberklassen ihrer abstrakteren Einschubklassen sein.

Allen rekursiven Kompositionen ist gemeinsam, daß mit ihnen gerichtete Graphen aus miteinander verbundenen Objekten erstellt werden können (siehe im folgenden). Außerdem ist eine bestimmte Struktur von Schablonenmethoden typisch für diese Art der Kompositionen. Diese Struktur garantiert, daß Nachrichten in diesem Objektgraphen weitergeleitet werden.

Der Unterschied zwischen der einfachen Trennung von Schablonen- und Einschubklassen und der anspruchsvolleren, rekursiven Trennung besteht darin, daß deutlich mehr Raum für Anpassungen durch Komposition entsteht. Anstatt zwei Objekte einfach nur zusammenzusetzen, können nun gerichtete Graphen über Objekten gebildet werden. Die entsprechenden Folgerungen hieraus werden im Weiteren beleuchtet.

Die Form der konstruierbaren Objektgraphen hängt davon ab, wie ein bestimmtes Objekt seine Beziehungen aufbauen kann. Wenn beispielsweise eine Referenzvariable verwendet wird, kann ein T- oder TH-Objekt entweder keine oder genau eine Beziehung zu einem anderen Objekt besitzen. Abbildung 3.14 gibt zwei Beispiele für solche Graphen. Die Kette der TH-Objekte in Abbildung 3.14(a) könnte genauso gut eine Kette von T-Objekten mit einem abschließenden H-Objekt sein. Analog könnten die Knoten im komplexeren Graphen in Abbildung 3.14(b) auch TH-Objekte sein.

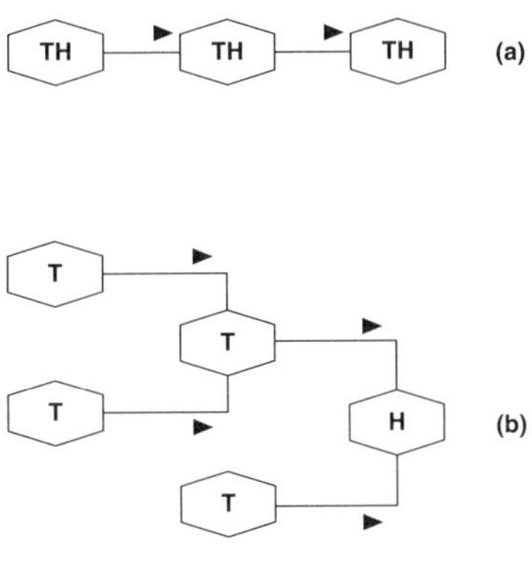

Abbildung 3.14: Beispiele für die Komposition von Objektgraphen.

Wenn ein T- (TH-) Objekt eine beliebige Anzahl von Objekten des Typs H (TH) verwalten kann, z. B. mit Hilfe der Datenstruktur Liste, dann können sogar Bäume zusammengesetzt werden, wie in Abbildung 3.15 angegeben. Im Fall der getrennten T- und H-Klassen ist dies möglich, weil T ein Nachfolger von H ist und dementsprechend T-Objekte zum statischen Typ H kompatibel sind.

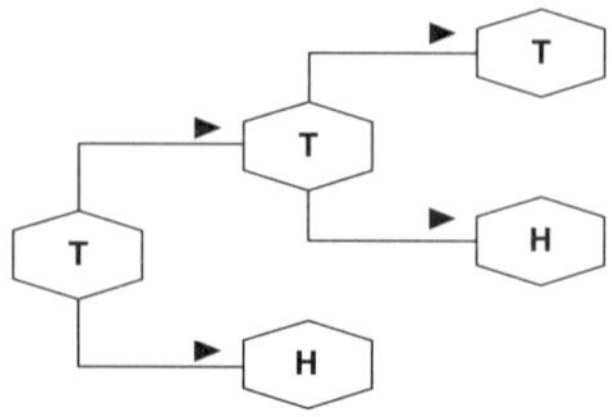

Abbildung 3.15: Ein Baum als spezielle Komposition von Objektgraphen.

Um Nachrichten im Graphen weiterzuleiten, erhalten nun Schablonen- und Einschubmethoden die gleichen Bezeichner, z. B. TH(). Im Fall von vereinigten Schablonen- und Einschubklassen verschmelzen sie sogar in einer einzigen Methode. Eine Schablonenmethode ruft die Einschubmethoden aller im Graph nachfolgenden Objekte auf. Code-Ausschnitt 3.8 zeigt die Struktur einer Schablonenmethode unter der Annahme, daß die Schablonenklasse eine Referenzvariable hRef besitzt, die alle Beziehungen zu ihren H-Objekten verwaltet.

```
public class T extends H {
          ...
          H hRef;
          ...
          public void TH() {
                    ...
                    if (hRef)
                         hRef.TH();
                    ...
          }
          ...
}
```

Code-Ausschnitt 3.8: Kernstruktur einer Schablonenmethode.

Allgemein kann ein T-Objekt als ein Platzhalter für alle Objekte betrachtet werden, die ihm im gerichteten Graph nachfolgen. Statt nun jedem dieser nachfolgenden Objekte eine Nachricht zu senden, reicht es aus, nur dem T-Objekt die Nachricht zu senden. Die Nachricht wird dann automatisch an alle anderen Objekte weitergeleitet. Um Endlosschleifen auszuschließen, darf der gerichtete Graph keine Zyklen enthalten.

Es bleibt die Frage: Wofür sind diese doch recht theoretischen Kompositionstechniken in der Praxis gut? Oder: Was ist der Nutzen von gerichteten Objektgraphen und Nachrichten, die durch ihn fließen?

Objektbäume als einfache Objekte

Auf Grund der weiterleitenden Eigenschaft von Schablonenmethoden in rekursiven Kompositionen kann auch eine *Baumhierarchie* von Objekten als *einzelnes Objekt* behandelt werden. Betrachten wir beispielsweise die Klasse Actor. Es sind auch Simulationen vorstellbar, die komplexer strukturierte Actors benötigen, z. B. hierarchisch strukturierte Actors. Trotzdem sollte dann die Verarbeitung von Actors nicht aufwendiger werden als bisher in der Klasse Simulation. Die direkteste Art, dieses Problem zu lösen, ist die Actors rekursiv zusammenzusetzen. Abbildung 3.16 zeigt die entsprechende Klassenhierarchie mit Actor als Einschubklasse und ActorGroup als Schablonenklasse gemäß dem Konstruktionsprinzip aus Abbildung 3.13(a).

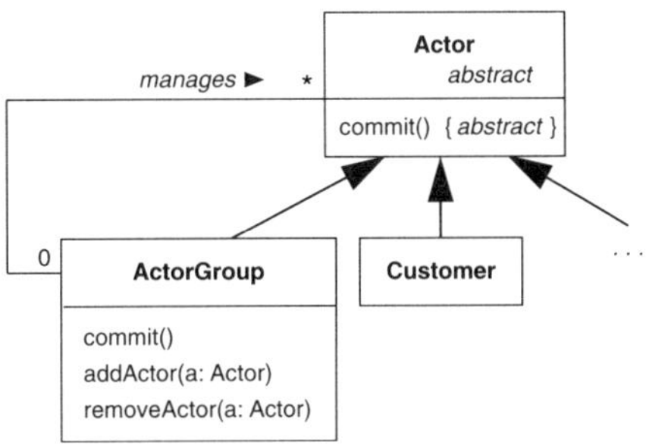

Abbildung 3.16: Rekursive Komposition von Actors.

Die Einschubmethode commit() in der Klasse Actor trägt denselben Bezeichner wie die Schablonenmethode in ActorGroup. Die Implementierung der Schablonenmethode iteriert einfach über alle enthaltenen Actor-Objekte und leitet die Nachricht commit an diese Objekte weiter. Mit dieser Beziehungsstruktur läßt sich dann eine beliebige Baumhierarchie aufbauen. Die (Teil-) Wurzeln solch eines Baumes sind dann ActorGroup-Objekte. Gemäß dem weiterleitenden Nachrichtenmechanismus in der Schablonenmethode fließen die Nachrichten von der Wurzel des Objektbaumes aus bis zu den Blättern. Deshalb kann ein ActorGroup-Objekt tatsächlich wie ein einzelnes Actor-Objekt behandelt werden. Das Simulationsframework, das durch die Klasse Simulation implementiert ist, sendet eine commit-Nachricht an einen Actor, gleich ob er ein einfacher Actor ist oder ein komplexes ActorGroup-Objekt darstellt.

Die Methoden addActor(...) und removeActor(...) bieten elementare Unterstützung an, um die enthaltenen Actors zu verwalten. Ausgefeiltere Lösungen als diese hier, könnten z. B. Methoden anbieten, die über die enthaltenen Actors iterieren.

Außer der einheitlichen Behandlung von hierarchisch strukturierten Actorgruppen, bietet der rekursive Kompositionsansatz einen weiteren Vorteil: Er ist offen für jeden beliebigen, zukünftigen Nachfolger von Actor. ActorGroup behandelt lediglich den statischen Typ Actor und interessiert sich nicht dafür, welche speziellen Actors verwaltet werden.

Leider ist das nur die halbe Wahrheit. Der Entwurf der Klasse Actor erweist sich als Problem, da sie nur die Methode commit() in ihrer Schnittstelle anbietet. Denken wir noch einmal an die Klasse SimpleServiceStation, die bereits eine erweiterte Schnittstelle benötigte. Hier mußte zur Methode activate() noch die Methode commit() hinzugefügt werden. Nun kann aber eine Actorgruppe nur solche Nachrichten weiterleiten, die zur Schnittstelle von Actor passen. Dies beschränkt die Allgemeinheit von ActorGroup solange drastisch, wie die Schnittstelle dieser Abstraktion noch nicht ausgereift ist.

Verhaltenskomposition mit Hilfe von Objektketten

Betrachten wir nun die rekursive Komposition von T- und H-Objekten, wenn Schablonen- und Einschubklassen getrennt vorliegen (s. Abbildung 3.13(a)) und ein T-Objekt sich nur auf keins oder genau ein H-Objekt beziehen kann. Dieses Konstruktionsprinzip kann angewandt werden, um in bestimmten Fällen *Verhalten durch Komposition hinzuzufügen*. Dieses Verhalten wird zu den Instanzen von H-Objekten hinzugefügt und somit auch zu den Instanzen aller Nachfolger von H, ohne H selbst zu ändern.

Stellen wir uns die Klasse Root als (Teil-) Wurzel einer Klassenhierarchie aus vielen Klassen vor. Typischerweise wird Verhalten von Klassen angepaßt, indem Unterklassen definiert werden, die den Deltaunterschied (engl. `delta change`) spezifizieren. Dies wird problematisch, wenn große Anzahlen von Klassen geändert werden müssen, um ein von Root geerbtes Verhalten anzupassen. Wenn z. B. eine bestimmte Instanzvariable hinzugefügt werden soll und eine von Root vererbte Methode in allen Nachfolgern von Root geändert werden soll, dann muß für jeden, bereits existierenden Nachfolger von Root eine zusätzliche Unterklasse eingeführt werden.

Auf den ersten Blick scheint es eine glatte Lösung zu sein, einfach die Klasse Root selbst zu ändern und das Verhalten an dieser Stelle einzufügen. Diese Lösung kann sich aber als nicht brauchbar oder zumindest als nicht empfehlenswert erweisen. Wiederverwendung von Softwarekomponenten heißt zumeist, daß ein neues Verhalten zu Zweigen einer Klassenhierarchie hinzugefügt werden muß, die nicht im eigenen Haus erstellt wurde. Dabei werden u. U. vorhandene Abhängigkeiten in der Klasse Root nicht erkannt und auf diese Weise Fehler erst eingeschleppt. Außerdem kann es passieren, daß eine Anpassung mehrmals durchgeführt werden muß, zum Beispiel nachdem eine neue Version der entsprechenden Klassenbibliothek herausgekommen ist. Und schließlich ist der Quellcode u. U. gar nicht zugreifbar und eine Änderung ist gar nicht möglich.

Aus einer anderen Situation kann eventuell ein ähnliches Problem entstehen: Manchmal wird ein bestimmtes Verhalten nur in bestimmten Kontexten benötigt. Vom Standpunkt des Klassenentwerfers sollte solch ein Verhalten nicht in Root definiert werden und damit an alle Nachfolger weitervererbt werden. Statt dessen wäre es besser, wenn man den Instanzen von Root und den Instanzen seiner Nachfolger Verhalten nur zeitlich begrenzt zuordnen würde. Nämlich genau zu den Zeitpunkten, wo dieses spezielle Verhalten gebraucht wird.

Beide Probleme könnten durch einen Mechanismus gelöst werden, mit dem sich den Instanzen von Root und auch seinen Nachfolgern Verhalten zuordnen ließe, ohne es in Root selbst zu definieren. Die Grundidee ist, eine spezielle Schablonenklasse Modifier als Unterklasse zu Root anzulegen. Root wird dann zur Einschubklasse in dieser Konstellation (siehe Abbildung 3.17). Das grau unterlegte Viereck markiert die ursprüngliche Klassenhierarchie mit beliebig vielen Nachfolgern von Root.

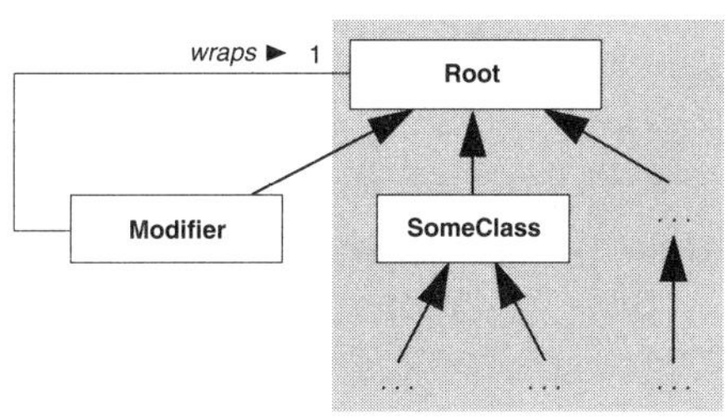

Abbildung 3.17: Schablonenklasse Modifier und Einschubklasse Root.

Die Idee dieser Erweiterung ist, daß die Schablonenklasse alle Methoden der Einschubklasse überschreibt. Jede Schablonenmethode leitet den Aufruf einfach an das Root-Objekt weiter. Dieses umhüllt ihn dann mit Hilfe einer Instanzvariablen.

Wenn alle Schablonenmethoden den Aufruf zum zugeordneten Root-Objekt weiterleiten, dann kann man eine Instanz jedes Nachfolgers von Root durch ein Modifier-Objekt umhüllen und entweder dieses oder das freigelegte

Original verwenden. Jedes dieser Objekte kann verwendet werden, wann immer ein Objekt vom statischen Typ Root gebraucht wird, und beide haben dasselbe Verhalten.

Natürlich ist die Klasse Modifier überflüssig, wenn alle Methoden ohne Änderung an Root weitergeleitet werden. Der Trick bei diesem Entwurf ist, daß ein Modifier-Objekt das Verhalten von Methoden ändern kann, indem es mehr leistet, als nur die Anforderung weiterzuleiten. Damit kann verändertes Verhalten, das in einer Schablonenklasse Modifier implementiert wurde, allen Instanzen von Root und seinen Nachfolgern zugeordnet werden. So z. B. zu einer Klasse SomeClass. Hierzu muß folgende Objektkette mittels Komposition zusammengesetzt werden: Statt SomeClass direkt zu verwenden, werden diese Objekte durch ein Modifier-Objekt umhüllt. Damit verweisen Modifier-Objekte auf genau ein SomeClass-Objekt. Entsprechend besitzen dann SomeClass-Objekte das hinzugefügte oder veränderte Verhalten, wie in Modifier definiert. Dieser Entwurf hat die folgenden Vorteile:

- Jede beliebige Anzahl von Schablonenklassen kann als Unterklasse von Root definiert werden. Diese Schablonenklassen können zusätzliches oder geändertes Verhalten besitzen. Jede beliebige Anzahl und Kombination von Instanzen der Schablonenklassen kann Root-Objekten zugeordnet sein. In Abbildung 3.18 wird ein beispielhaftes Objektdiagramm gezeigt, das ein Objekt der Klasse Modifier und ein Objekt der Schablonenklasse AnotherModifier enthält, die einer Instanz von SomeClass zugeordnet sind.

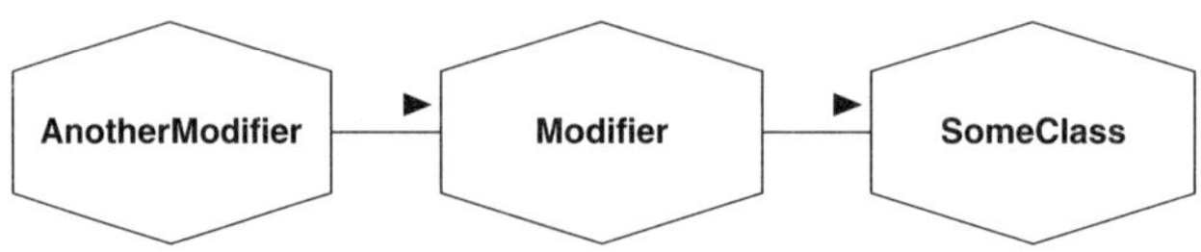

Abbildung 3.18: Änderung des Verhaltens durch Zuordnen einer Objektkette.

  Das erste Objekt dieser Kette kann immer dann verwendet werden, wenn ein Objekt vom statischen Typ Root benötigt wird. Nachrichten, die an Objekte einer Schablonenklasse gesendet werden, werden automatisch längs der Kette weitergeleitet - entsprechend der typischen Struktur von Schablonenmethoden.

- Die Kette der zugeordneten Modifier-Objekte kann zur Laufzeit geändert werden. Damit kann das zugeordnete, spezielle Verhalten einfach verändert werden, indem

- ein zugeordnetes Modifier-Objekt entfernt wird,
- weitere Modifier-Objekte hinzugefügt werden,
- ein zugeordnetes Modifier-Objekt durch eine Instanz einer anderen Schablonenklasse ersetzt wird,

• Objekte zu Schablonenklassen können mit jedem zukünftigen Nachfolger von Root zusammenarbeiten. Damit sind Klassen gemeint, die als Nachfolger von Root definiert werden, nachdem eine bestimmte Schablonenklasse definiert wurde.

Setzen wir nun diese Vorteile gegen den problembehafteten Ansatz, Root direkt zu ändern. Dann ist neben den genannten Problemen im Gegensatz zum rekursiven Kompositionsansatz auch die Flexibilität zur Laufzeit nicht gegeben.

Allerdings funktioniert der Entwurf nur dann gut, wenn die Schnittstelle von Root so ausgereift ist, daß sie tatsächlich eine geeignete Obermenge der Schnittstellen seiner Unterklassen repräsentiert. Andernfalls können die Objekte der Schablonenklasse bestimmte Methodenaufrufe nicht an umhüllte Instanzen von Nachfolgern von Root weiterleiten, da sie eine erweiterte Schnittstelle besitzen. In diesem Fall läßt sich die Komposition von Objekten nicht problemlos anwenden. Dann arbeiten Objekte bereits existierender Klassen nicht mehr sauber mit den veränderten Objekten zusammen.

Wie kann nun dieses Entwurfsprinzip auf das Beispiel des Simulationsframeworks angewendet werden? Im Verlauf der Fortentwicklung dieses Frameworks kann sich eine abstrakte Klasse Station mit einer Vielzahl von Unterklassen entwickeln. Ein Beispiel für ein Verhalten, das nicht in Station verlagert werden sollte, wäre ein Überwachungsinstrument mit folgender Aufgabe: Es notiert alles, was in einer Station passiert und schreibt es in ein Logbuch. Ein weiteres Beispiel wäre die Visualisierung einer Station mittels eines GUI. Statt die Klasse Station mit solchem Verhalten und dem Ein- und Ausschalten von Überwachung und Visualisierung zu belasten, würden zwei Schablonenklassen (z. B. Visualizer und Tracer) dieses spezielle Verhalten gemäß dem rekursiven Konstruktionsprinzip implementieren. Jetzt könnte ein Programmierer einer bestimmten Station diese Zusatzfunktionalitäten zuordnen, indem lediglich Instanzen dieser Modifizierungsklassen beliebigen Station-Objekten zugeordnet werden.

Eine Kette zusammenarbeitender Objekte als einzelnes Objekt

Abschließend betrachten wir die rekursive Komposition für den Fall, daß Schablonen- und Einschubklassen in einer Klasse TH verschmolzen sind und ein TH-Objekt nur auf keins oder genau ein anderes TH-Objekt verweisen kann. Das Konstruktionsprinzip ergibt sich aus einer Kette von Objekten, die im Rahmen einer Aufgabenlösung zusammenarbeiten. Analog zu den anderen rekursiven Kompositionen betrachten Klienten diese Kette als einzelnes Objekt. Aus diesem Grund kann die Kette durch kooperierende Objekte erweitert werden, oder die Objekte dieser Kette können ohne Auswirkungen auf Klienten umgeordnet werden.

Der grundsätzliche Unterschied zwischen dieser rekursiven Komposition und der zuvor vorgestellten ist, daß TH Objekte als gleichwertig betrachtet werden. Sie sind in dem Sinne austauschbar, daß jedes TH-Objekt auf ein anderes TH-Objekt verweisen kann. In den vorangegangenen rekursiven Kompositionen konnten nur T-Objekte, also die Modifizierer, den H-Objekten zugeordnet werden und nicht umgekehrt.

Außerdem haben Schablonen- und Einschubmethoden nicht nur den gleichen Bezeichner, sondern verschmelzen auch tatsächlich in einer Methode der Klasse TH. Abbildung 3.19 zeigt die typische Struktur einer verschmolzenen Schablonen- und Einschubmethode unifiedTH() in TH und wie sie typischerweise in einer Unterklasse überschrieben wird.

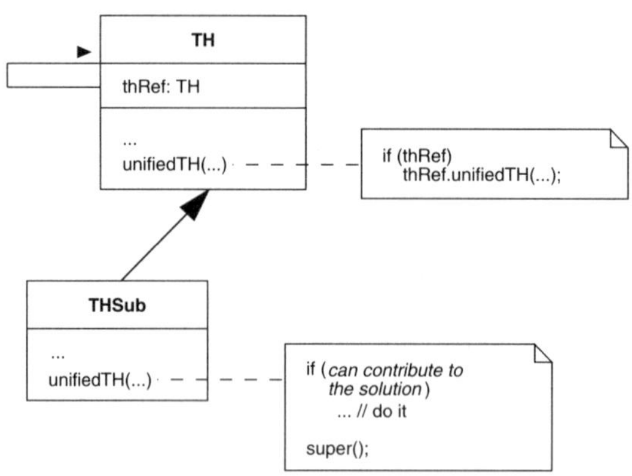

Abbildung 3.19: Vereinigung von Schablonen- und Einschubklassen und von Schablonen- und Einschubmethoden.

So prüft eine Methode, die in einer Unterklasse überschrieben wurde, ob eine Beteiligung an der Gesamtaufgabe möglich oder notwendig ist, und reagiert entsprechend. Danach wird die Anfrage an das nächste Objekt in der Kette weitergeleitet, sofern noch ein Objekt vorhanden ist. Dies geschieht durch einen Aufruf der Methode in der Oberklasse.

Nehmen wir an, daß wir ein Konvertierungssystem zu entwerfen haben. Dieses System soll Spezifikationen in verschiedenen Versionen der Sprache Hypertext Markup Language (HTML) in eine interne, anwendungsspezifische Darstellung konvertieren. Dann könnte die Klasse TH beispielsweise der Converter-Klasse entsprechen. Diese besäße dann eine Vielzahl von Unterklassen, die die Schablonen-Einschubmethode convert(...) überschreiben, um so die Formatkonvertierung zu leisten. So kann ein Programmierer eine Kette aus solchen Konvertern bilden. Objekte, die diesen Konvertierungsdienst in Anspruch nehmen wollen, behandeln diese Kette als einzelnes Objekt. Sie fordern ihre Konvertierung an, indem sie die Nachricht convert an das erste Objekt der Kette senden. In diesem Beispielfall wird der Durchlauf dann beendet, wenn die Konvertierung von einem der Objekte in der Kette durchgeführt werden konnte.

Der Vorteil der rekursiven Komposition besteht nun darin, daß die Kette um weitere Konverter ergänzt werden kann, ohne die Klienten zu beeinflussen. Die gleiche Robustheit gilt auch, wenn die Reihenfolge der Konverter in der Kette verändert werden soll, z. B. wenn eine spezielle Konvertierung signifikant häufiger benötigt wird als jede andere.

Ein weiteres Beispiel, in dem die rekursive Komposition besonders elegant eingesetzt werden kann, ist die Verwaltung von Ereignissen in GUI-Frameworks. In diesem Zusammenhang werden Nachrichten, ausgelöst durch spezielle Ereignisse, in einer Kette von ereignisverarbeitenden Objekten weitergeleitet.

3.6 Einschubmethoden: Bezeichner im Musterkatalog

Einschubmethoden kennzeichnen genau die Stellen, an denen Verfeinerung stattfinden soll und kann. Damit kennzeichnen sie die sogenannten Hot-Spots. Die Spezialisierung von Frameworks (= Anpassung) findet an genau diesen Stellen statt. Der vorherige Abschnitt untersuchte, welcher Grad an Flexibilität, abhängig von der Plazierung der Einschubmethoden und der Zusammensetzung von Schablonen-Einschubmethoden, erreicht werden kann.

In dem Moment, wo Einschubmethoden entsprechend skaliert werden, werden viele Frameworks diese Art von Konstruktionsmustern enthalten. Das bedeutet vor allem, daß elementare Klassen die gleichen Konstruktionsmuster verwenden werden, um Flexibilität zu erhalten, wie die abstrakteren und komplexeren Klassen. Sie unterscheiden sich lediglich in ihrer eigenen Granularität und der Semantik ihrer Einschubmethoden, was sich im Bezeichner dieser Methoden ausdrückt. Mit diesem Wissen können wir nun Musterkataloge von einem anderen Standpunkt aus betrachten. Um die folgenden Überlegungen zu verstehen, sollte der Leser/die Leserin mit dem wegbereitenden GoF-Musterkatalog vertraut sein.

Tatsächlich stellen bereits viele Einträge des GoF-Kataloges kleine Frameworks dar. Sie bestehen aus einigen wenigen Klassen, die ein paar der wesentlichen Konstruktionsmuster in verschiedenen, mehr oder weniger anwendungsunabhängigen Kontexten anwenden. Diese Katalogeinträge sind für den Entwurf von Frameworks hilfreich, da sie die typische Semantik von Einschubmethoden verdeutlichen. Zumeist reflektieren die Bezeichner der Katalogeinträge die semantischen Aspekte, die sie gerade flexibel gestalten sollen.

GoF-Katalogmuster auf der Basis abstrakter Kopplung

Viele der Katalogeinträge mit Frameworkcharakter basieren auf der Trennung von Schablonen- und Einschubklassen und damit auf abstrakter Kopplung (siehe Abbildung 3.20). Zwei der Katalogmuster des GoF-Kataloges, nämlich Template Method[6] und Bridge, beschreiben diesen Konstruktionsansatz.

Abbildung 3.20: Getrennte Schablonen- und Einschubklasse.

Die Katalogmuster der folgenden Aufzählung basieren ebenfalls auf abstrakter Kopplung: Abstract Factory, Builder, Command, Interpreter, Observer, Prototype, State und Strategy. Wie bereits oben erwähnt, beziehen sich die Bezeichner dieser Katalogmuster auf die Semantik der speziellen Einschubmethode oder -klasse. Tabelle 3.1 setzt diese Musterbezeichner mit den Bezeichnern der Einschubklassen, der Einschubmethoden und der Schablonenklassen in Beziehung, wie sie in der Musterbeschreibung des Kataloges enthalten sind. Die Semantik der Hot-Spots wurde aus einer Tabelle in [GHJV95] entnommen. Dort werden die Aspekte zusammengefaßt, die in den Mustereinträgen variieren können.

[6] Katalogeinträge werden durch diesen Zeichensatz gekennzeichnet. PL

Katalog-eintrag	*Einschub-klasse*	*Einschubmethode*	*Schablonen-klasse*	*Semantik des Hot-Spot*
ABSTRACT FACTORY	Abstract-Factory	CreateProduct()	Client	Familie verwandter Produktobjekte
BUILDER	Builder	BuildPart()	Director	wie ein komplexes Objekt erzeugt wird
COMMAND	Command	Execute()	Invoker	wann und wie Anfragen erfüllt werden
INTERPRETER	Abstract-Expression	Interpret(...)	Client	Interpretation einer Sprache
OBSERVER	Observer	Update()	Subject	wie abhängige Objekte aktuell bleiben
PROTOTYPE	Prototype	Clone()	Client	Objektklasse, die instanziiert wird
STATE	State	Handle()	Context	Zustände eines Objektes
STRATEGY	Strategy	AlgorithmInterface()	Context	ein Algorithmus

Tabelle 3.1: Namensgebung von Katalogeinträgen.

Von diesen Mustervariationen mit abstrakter Kopplung sind die Muster ABSTRACT FACTORY, BUILDER, OBSERVER, STATE und STRATEGY relativ generische Beispiele von Semantiken der Einschubmethoden. Vor allem ist es wahrscheinlich in allen Frameworks notwendig, die Objekterzeugung flexibel zu gestalten.

GoF-Katalogmuster basierend auf Vereinigung

Das FACTORY-METHOD-Muster hält die Erzeugung von Objekten flexibel und basiert auf der Vereinigung von Schablonen- und Einschubmethode in einer Klasse. Die durch Vereinigung entstandene Klasse heißt Creator und die Einschubmethode FactoryMethod(). Die Muster ABSTRACT FACTORY und BUILDER sind Variationen der FACTORY METHOD, bei denen die Einschubmethode in einer separaten Klasse liegt.

GoF-Katalogmuster basierend auf rekursiven Kompositionen

Die rekursiven Einschub-Schablonen-Kombinationen, die im vorherigen Abschnitt vorgestellt wurden, bilden ebenfalls Katalogeinträge. Die rekursive Komposition, bei der Schablonen- und Einschubklasse getrennt vorliegen und ein T-Objekt auf eine beliebige Anzahl von H-Objekten verweisen kann (siehe Abbildung 3.21(a)), wird einfach COMPOSITE genannt. Dieser Bezeichner drückt die Kerncharakteristik dieses Konstruktionsprinzips aus, nämlich, daß eine Baumhierarchie von Objekten konstruiert werden kann und doch auf die gleiche Weise verwendet werden kann wie ein einzelnes Objekt.

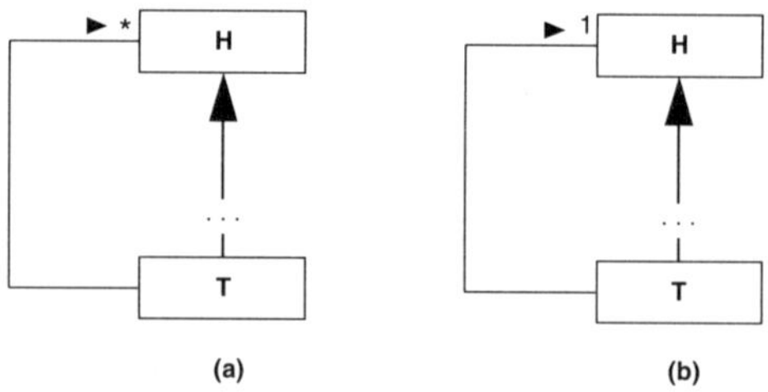

Abbildung 3.21: Kernstruktur der Klassen in den Mustern (a) COMPOSITE und (b) DECORATOR.

Die rekursive Komposition, bei der Schablonen- und Einschubklasse getrennt vorliegen und ein T-Objekt auf kein oder genau ein H-Objekt verweisen (siehe Abbildung 3.21(b)), wird DECORATOR genannt. Der Bezeichner drückt aus, daß Objekte dynamisch mit zusätzlichem Verhalten dekoriert werden können.

Abschließend erwähnen wir die rekursive Komposition, bei der Schablonen- und Einschubklassen in einer Klasse TH vereinigt werden und ein TH-Objekt auf kein oder genau ein anderes TH-Objekt verweisen kann (siehe Abbildung 3.22). Sie wird CHAIN OF RESPONSIBILITY genannt.

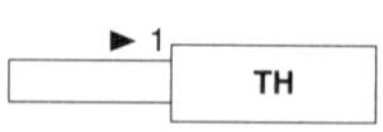

Abbildung 3.22: Zentrale Klassenstruktur des Musters CHAIN OF RESPONSIBILITY.

Insgesamt erwarten wir in der Zukunft viele weitere frameworkzentrierte Musterkataloge, die auf den grundlegenden Konstruktionsprinzipien basieren und sich im wesentlichen nur noch durch die Semantik ihrer Einschubmethoden unterscheiden. Wenn man sich dieser Gemeinsamkeiten bewußt ist, dann sollte das helfen, sich von den unzähligen ähnlichen Mustern nicht verwirren zu lassen. Weiter überarbeitete Musterkataloge werden in der Zukunft zeigen, wie diese grundlegenden Konstruktionsprinzipien kombiniert werden können, um komplexere Architekturen zu bilden.

Aus diesem Grund betrachten frameworkzentrierte Musterkataloge Hot-Spot-Beispiele und zeigen, wie diese durch die speziellen Konstruktionsprinzipien für Frameworks flexibel gehalten werden können. In der Praxis heißt das, daß Entwerfer von Frameworks zunächst anwendungsspezifische Hot-Spots festzulegen haben, bevor sie die Konstruktionsprinzipien anwenden können. Die folgenden Kapitel befassen sich ausführlich mit dieser Thematik.

Kapitel 4

Entwerfen mit Hot-Spots

Wie können wir die Qualität von Frameworks messen? Neben den gängigen Softwarequalitätseigenschaften, wie Korrektheit, leichte Benutzbarkeit, Effizienz und Portabilität, haben uns Frameworks noch mehr zu bieten. Obwohl diese zusätzliche Qualitätseigenschaft mit Flexibilität zu tun hat, sind Frameworks keinesfalls nur darum viel besser, wenn ihr Grad an Flexibilität maximiert wird. Also Streben nach Flexibilität um ihrer selbst willen, indem so viele Entwurfsmuster wie möglich eingefügt werden, liefert nicht automatisch ein erstklassiges Framework. Statt dessen muß ein Framework angemessen anpaßbar sein, jeweils auf den Anwendungsbereich bezogen. Was heißt aber in diesem Zusammenhang angemessen? Und wer kann dies beurteilen?

Wir wollen nun die enge Kopplung der Qualität eines Frameworks mit den Anforderungen des Anwendungsbereiches durch ein Beispiel erläutern. Nehmen wir an, daß wir ein Framework für ein Buchungssystem im Vermietungsgeschäft entwerfen. Beispielsweise für Hotels, die ihre Zimmer vermieten wollen, oder andere Firmen, die Skiausrüstungen oder Motorräder vermieten wollen. Ein offensichtlicher Hot-Spot in diesem Anwendungsbereich ist die Berechnung der Mietpreises. Der Entwurf des Frameworks könnte nun an verschiedenen Stellen flexibel gestaltet werden. Ein Entwurf könnte Anpassungen durch Vererbung unterstützen. Dies hätte zur Folge, daß die zugehörigen Buchungssysteme erneut gestartet werden müßten, wenn sich die Basisberechnung ändert. Ein anderer Entwurfsansatz könnte das Ersetzen der Berechnung zur Laufzeit unterstützen. In beiden Entwürfen könnten Informationen, die sich häufig ändern, wie etwa Preislisteninformationen, in Ressourcen ausgelagert und so von außen geändert werden.

Die Antwort auf die Frage, welcher dieser beiden Ansätze nun der bessere ist - d. h. Anpassung der Berechnung durch Vererbung kontra Laufzeitanpassungen durch Komposition - hängt allein von den Anforderungen des Anwendungsbereiches ab. Wenn das Framework eingesetzt werden soll, um Buchungssysteme für kleine oder mittlere Firmen zu entwickeln, dann ist der erste Ansatz besser. Flexibilität hat ihren Preis, da die Komplexität des Systems entscheidend ansteigt. Weniger flexible Lösungen halten das Framework kleiner und verursachen keine Probleme oder extra Kosten. Kleinere Firmen können es sich in der Regel erlauben, das System kurzzeitig abzuschalten, um etwa eine neue Berechnungseinheit zu installieren. Für ein weltweit operierendes Unternehmen hingegen wäre der weniger flexible Entwurf definitiv schlecht. Das Abschalten des Systems dort verursacht enorme Kosten und sollte unter allen Umständen vermieden werden. Deshalb ist in diesem Fall der aufwendigere Entwurf der bessere, da er Anpassungen zur Laufzeit erlaubt.

Insgesamt gilt, daß Flexibilität wohldosiert in ein Framework eingebaut werden sollte[1]. Da die Qualität von Frameworks direkt von der Eignung der Hot-Spots abhängt, hat sich die Identifikation von Hot-Spots als eine eigene Aktivität im Entwicklungsprozeß etabliert. Ansätze, mit denen Hot-Spots dokumentiert und auf diese Weise für Anwendungsexperten und Softwaretechniker kommunizierbar werden, gewinnen zunehmend an Bedeutung.

Dieses Kapitel zeigt nun, wie die Identifikation von Hot-Spots weiter verbessert werden kann, indem man *Hot-Spot-Karten* (engl. `hot spot cards`) verwendet. Sie bilden die Grundlage, um aus einem Objektmodell ein anwendungsspezifisches Framework zu entwickeln und so geeignete Entwurfsmuster zu erzeugen. Hot-Spot-Karten ähneln stark den CRC-Karten (Class Responsibility Collaboration Cards), die bereits zur Definition des ersten Objektmodelles eingesetzt werden. Kent Beck und Ward Cunningham stellten diese Karten auf der OOPSLA '89 vor (s. [BeCu89]).

Im folgenden zeigen eine Reihe von Beispielen, wie Hot-Spot-Karten im Rahmen des Frameworkentwicklungsprozesses eingesetzt werden können. Wir gehen außerdem auf den Zusammenhang von Hot-Spot-Karten und Entwurfsmustern ein.

4.1 Frameworkentwicklung mit Hot-Spots

Die Schwierigkeiten, ein Framework zu entwerfen, werden von Wirfs-Brock und Johnson in [WiJo90] wie folgt beschrieben:

> „Good frameworks are usually the result of many design iterations and a lot of hard work.“

[1] Parnas [Pa76] und Coplien [Cop96] untersuchen diese Thematik ganz allgemein. Sie verwenden dabei die Begriffe software family und commonality/variability analysis

Deshalb sollten wir kein Allheilmittel erwarten. Kein Framework wird von Beginn an perfekt sein. Realistischer wäre es, von vornherein an der Reduzierung der Entwurfsiterationen zu arbeiten. Damit umfaßt der Begriff *Frameworkentwicklung* sowohl den allerersten Entwurf als auch die kontinuierliche Weiterentwicklung des Frameworks.

Da die Qualität des Frameworks direkt von der durch die Anwendung geforderten Flexibilität abhängt, kann eine wirklich durchgeführte Identifikation von anwendungsspezifischen Hot-Spots tatsächlich helfen. Abbildung 4.1 zeigt einen Überblick über den Frameworkentwicklungsprozeß mit Hilfe von Hot-Spots. Dieser Prozeß schließt die Identifikation von Hot-Spots als eigene Phase bereits mit ein. In Abschnitt 4.2 untersuchen wir den Aufbau und verschiedene Typen der Hot-Spot-Karten. Sie haben sich als einfache, aber dennoch effektive Hilfsmittel zur Dokumentierung und Vermittlung von Hot-Spots erwiesen. Im folgenden umreißen wir die Kernaktivitäten des Frameworkentwicklungsprozesses und ihre Beziehungen untereinander.

Definition eines speziellen Objektmodells

Die heutigen Methoden der objektorientierten Analyse und des objektorientierten Designs (OOAD) unterstützen die initiale Identifikation von Objekten bzw. Klassen und dadurch auch die Modularisierung des Gesamtsystems. Als Beispiel sei die Unified Modeling Language genannt, die sich aus den Methoden von Booch [Boo94], Rumbaugh [RBPE+91], Derr [De96] und Jacobson [JCJO93, JEJa95] die wertvollsten Anteile herauspickt. CRC-Karten helfen bei der ersten Identifikation von Objekten und ihren Assoziationen. Wilkinson diskutiert den Gebrauch von CRC-Karten im einzelnen in [Wi96]. Im allgemeinen ist Objektmodellierung genauso schwierig wie jede andere Art der Softwareentwicklung. Methodische Vorgehensweisen können immer nur Richtlinien anbieten.

Objektmodellierung erfordert primär anwendungsspezifisches Wissen. Soll beispielsweise das Objektmodell einer diskreten Ereignissimulation spezifiziert werden, dann müssen die Basiselemente der Simulation bekannt sein. Aber selbst dann ist der elegante Entwurf von Datenstrukturen schwierig.

Softwaretechniker unterstützen die Anwendungsexperten bei dieser Arbeit. Die Unterscheidung zwischen Anwendungsexperten und Softwaretechnikern ist allerdings eine sehr hypothetische. Damit soll eigentlich nur ausgedrückt werden, welche Art von Wissen jeweils notwendig ist. Denn auch Softwaretechniker besitzen ein gewisses Grundwissen über Anwendungsbereiche.

Bereits die Modellierung einer speziellen Lösung ist eine komplexe und iterative Angelegenheit. Dabei müssen Objektmodelle verfeinert werden,

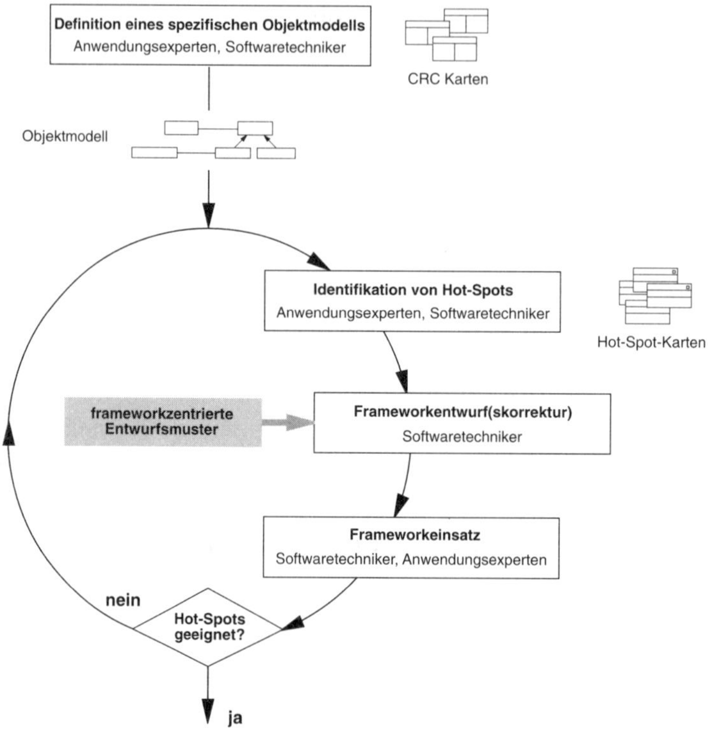

Abbildung 4.1: Entwicklungsprozeß mit Hot-Spots (entnommen und angepaßt aus [Pr95]).

bis sie den vorgegebenen Anwendungsanforderungen genügen. Das schließt die Identifikation von Objekten bzw. Klassen und wahrscheinlich auch die vollständige Entwicklung des speziellen Softwaresystems mit ein.

Bevor man also den Entwicklungszyklus für das Framework beginnt, wäre es hilfreich, bereits zwei oder mehr Objektmodelle von ähnlichen Anwendungen zur Verfügung zu haben. Gemeinsamkeiten könnte man dann sehr viel einfacher finden und herausarbeiten. Leider ist dies im Regelfall nicht möglich.

Es sei darauf hingewiesen, daß ein Frameworkentwicklungsprozeß auf einem ausgereiften Objektmodell basieren muß.

Identifikation von Hot-Spots

Die grundsätzliche Schwierigkeit bei dieser Aktivität ist, daß man nicht erwarten kann, richtige Antworten zu bekommen, wenn man nicht die richtigen

Fragen stellt. Oftmals verstehen Anwendungsexperten Konzepte wie Klassen, Objekte und Vererbung oder gar Entwurfsmuster und Frameworks nicht. Also muß die Kommunikation zwischen Anwendungsexperten und Softwaretechnikern auf eine gemeinsame Basis gestellt werden. Hot-Spot-Karten (siehe Abschnitt 4.2) stellen genau solch eine Basis dar, inspiriert durch die wenigen, aber wesentlichen Konstruktionsprinzipien von Frameworks.

Entwurf und Überarbeitung von Frameworks

Nachdem die Anwendungsexperten Hot-Spots identifiziert und dokumentiert haben, müssen Softwaretechniker das Objektmodell modifizieren, um die gewünschte Flexibilität an den Hot-Spots zu erreichen. Bei dieser und allen folgenden Aktivitäten wird die Arbeit des Softwaretechnikers durch die Konstruktionsmuster für Frameworks unterstützt, die im vorherigen Kapitel vorgestellt wurden. Anders ausgedrückt: Muster für mehr Flexibilität in einem Framework, liefern nicht zwangsläufig befriedigende Frameworks, wenn Softwaretechniker gar nicht wissen, wo Flexibilität tatsächlich benötigt wird. Die Identifikation von Hot-Spots erfüllt zunächst nur die Vorbedingung, unter der das volle Potential der Konstruktionsmuster für Frameworks genutzt werden kann.

Einsatz des Frameworks

Ein Framework muß etliche Male spezialisiert werden, um seine Schwächen, d. h. ungeeignete oder fehlende Hot-Spots, zu entdecken. Der Zyklus in Abbildung 4.1 drückt diesen evolutionären Prozeß aus. Die explizite Identifikation von Hot-Spots mittels Hot-Spot-Karten und den Konstruktionsmustern für Frameworks können zu deutlich weniger Iterationszyklen führen.

4.2 Wie beschreibt man Hot-Spots?

Hot-Spot-Karten sollten die gemeinsame sprachliche Basis für die Kommunikation zwischen Anwendungsexperten und Softwaretechnikern bilden. Da Anwendungsexperten in der Regel nichts über Objekttechniken wissen, muß das Vokabular den typischen objektorientierten Jargon vermeiden. Anwendungsexperten können meistens gut in Softwarefunktionalität denken, und manchmal wissen sie auch, wie Softwarefunktionen beispielsweise verschiedene Geschäftsprozesse unterstützen können. Sie verstehen typischerweise auch, durch welche grundlegenden Elemente sich ihr Anwendungsbereich auszeichnet, vor allem, wenn ihnen auch noch ein geeignetes Objektmodell vorliegt. Darum sollten Softwaretechniker versuchen, von Anwendungsexperten Antworten auf folgende Fragen zu erhalten:

- In welchen Aspekten unterscheiden sich die verschiedenen Anwendungen des Anwendungsbereiches? Das Ergebnis dieser Analyse sollte eine Liste von Hot-Spots sein.

- Welchen Grad an Flexibilität sollten diese Hot-Spots besitzen? Muß das flexible Verhalten zur Laufzeit anpaßbar sein oder aber durch Endbenutzer geändert werden können?

In den meisten Fällen führt es nicht zum gewünschten Erfolg, wenn man dem Anwendungsexperten diese Fragen direkt vorlegt. Deshalb müssen Softwaretechniker von konkreten Szenarien abstrahieren und nach Gemeinsamkeiten und Hot-Spot-Anforderungen Ausschau halten. Auf diese Weise können Softwaretechniker und Anwendungsexperten interaktiv die Hot-Spot-Karten erstellen. Abschnitt 4.5 stellt einige nützliche Hinweise zur Identifikation von Hot-Spots vor.

Grundsätzlich können sowohl Funktionen als auch Daten als Hot-Spots identifiziert werden, jedoch sind die meisten der gefundenen wahrscheinlich Funktionen. Abhängig vom Typ des Hot-Spots ist das Ergebnis also entweder eine Funktions- oder eine Datenkarte für Hot-Spots. Abbildung 4.2 zeigt ihren Aufbau.

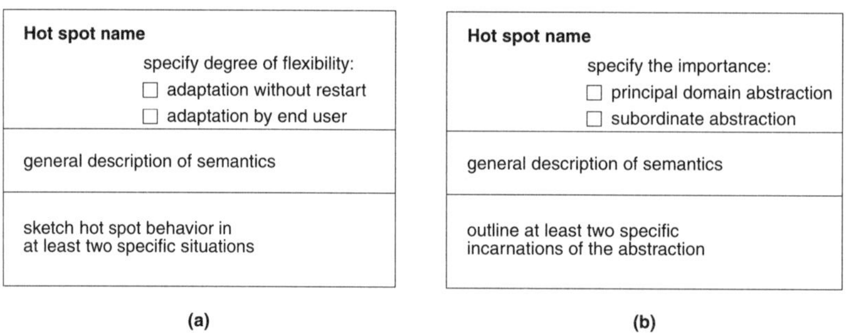

Abbildung 4.2: Aufbau von (a) Funktions- und (b) Datenkarten für Hot-Spots.

Eine Funktionskarte für Hot-Spots nennt zuerst den Namen der Funktionalität, die flexibel gestaltet werden soll, und dann den gewünschten Grad an Flexibilität. Hierbei sollten Anwendungsexperten wissen, daß die Forderung nach Laufzeitflexibilität (Anpassung ohne Neustart) und/oder die mögliche Anpassung durch Endbenutzer sehr kostenaufwendig sind. Eine derartige Anforderung sollte also sehr bewußt festgelegt werden. In der Regel tendieren Anwendungsexperten jedoch dazu, maximale Flexibilität zu fordern. Diesen Aspekt müssen Softwaretechniker sehr genau mit den Anwendungsexperten diskutieren. Der nächste Abschnitt auf den Karten faßt die Funktionalität zusammen. Hier sollte noch von Einzelheiten abstrahiert werden. Abschließend sollte die Funktionalität durch mindestens zwei verschiedene Situationen beschrieben werden, so daß der Softwaretechniker die Unterschiede besser versteht.

Will man ein Softwaresystem entwickeln, das für Vermietungsanwendungen allgemeiner Art gedacht ist und problemlos auf spezielle Bereiche, wie Hotels oder Autoverleihe zugeschnitten werden soll, dann würde ein Anwendungsexperte den Mietpreis als typischen Funktions-Hot-Spot identifizieren. Der Grund ist leicht nachvollziehbar: Im Falle eines Hotels ergibt sich der Mietpreis aus Raumpreis, Telefongesprächen und weiteren Dienstleistungen. Bei einem Autoverleih würde sich der Mietpreis nach anderen Aspekten berechnen. Abbildung 4.3 zeigt die zugehörige Funktionskarte für Hot-Spots.

Rate calculation specify degree of flexibility: ☑ adaptation without restart ☐ adaptation by end user
rate calculation when rental items are returned; the calculation is based on application-specific parameters
hotel system: calculation results from the room rate * number of nights + telephone calls + mini bar consumption car rental system: calculation results from the car type rate * number of days + probably rate per mile * (driven miles - free miles) + price for refilling + rate for rented extras such as a mobile telephone.

Abbildung 4.3: Beispiel für eine Funktionskarte für einen Hot-Spot.

Daten-Hot-Spots sind die Elemente im Anwendungsbereich, die verallgemeinert werden müssen. Hierzu wird typischerweise eine abstrakte Klasse eingeführt. Wie bei Funktions-Hot-Spots auch werden Anwendungsexperten gebeten, das generische Element oder den generischen Typ zu benennen und seine Bedeutung im Zusammenhang mit dem Gesamtsystem zu spezifizieren. Die Beschreibung der allgemeinen Semantik sollte die Aspekte einschließen, die dieser Hot-Spot aus den spezielleren Anteilen herausfiltert. Der letzte Abschnitt auf den Datenkarten für Hot-Spots sollte mindestens zwei spezielle Anteile auflisten. Abbildung 4.4 zeigt beispielhaft eine Datenkarte für Hot-Spots für ein Buchungssystem.

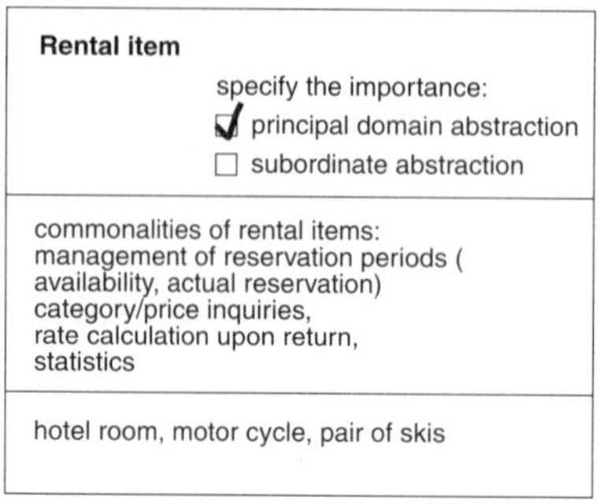

Abbildung 4.4: Beispiel für eine Datenkarte für Hot-Spots.

Wenn Hot-Spots erst einmal auf Karten fixiert vorliegen, können diese den entsprechenden Elementen im (CRC-Karten) Objektmodell zugeordnet werden. Sowohl Funktions- als auch Datenkarten für Hot-Spots müssen den entsprechenden Klassen zugeordnet werden. Da für die Datenkarten für Hot-Spots eine abstrakte Klasse im Objektmodell eingeführt werden muß, könnte man sich die zugehörige Dokumentation auf einer Hot-Spot-Karte sparen und statt dessen direkt das Objektmodell verändern.

4.3 Hot-Spot-Karten und Muster

Anhand der Flexibilitätsanforderungen, die als Stapel von Hot-Spot-Karten vorliegen, müssen Softwaretechniker nun das Objektmodell transformieren. Bei diesem Schritt helfen dem Softwaretechniker die frameworkzentrierten Konstruktionsmuster, die wir im vorigen Kapitel beschrieben haben. Jetzt betrachten wir die Beziehung zwischen der Information auf den Hot-Spot-Karten und den Konstruktionsmustern für Frameworks.

Der Stapel von Hot-Spot-Karten wird hauptsächlich Funktionskarten enthalten. In der Regel gibt es nur einige wenige sinnvolle Daten-Hot-Spots, und die sind dann schwer zu identifizieren. Deshalb sollte man auch nur wenige erwarten. Außerdem muß man darauf gefaßt sein, daß Daten-Hot-Spots u. U. keine geeignete Abstraktion des Anwendungsbereiches enthalten. Eine enorm große Anzahl gefundener Daten-Hot-Spots würde etwa auf ein solches Problem hinweisen.

Ein Daten-Hot-Spot impliziert eine zusätzlich notwendige abstrakte Klasse. Wenn also der Kartenstapel überhaupt sinnvolle Daten-Hot-Spots enthält, wird das Folgeproblem sein, eine geeignete Schnittstelle für diese neue Klasse zu finden. Obwohl die Hot-Spot-Karte natürlich Hinweise enthält, zeigt die Erfahrung, daß Datenkarten für Hot-Spots in der Regel nur die Notwendigkeit einer weiteren Klasse anzeigen, nicht aber Aussagen über deren Schnittstelle liefern. Statt zu versuchen gemeinsames Verhalten zu extrahieren, ist es empfehlenswert, sich mit den Subsystemen zu beschäftigen, die mit den konkreten Unterklassen interagieren. Wenn diese Subsysteme bereits entwickelt sind, dann können die so vorliegenden Interaktionsprotokolle helfen, die abstrakten Operationen der neuen abstrakten Klasse zu finden.

Funktions-Hot-Spots hängen eng mit Einschubmethoden und Einschubklassen zusammen. Eine Funktionskarte enthält Informationen über die Semantik des Hot-Spots und den gewünschten Grad an Flexibilität. Sie enthält aber keine Information darüber, zu welcher Klasse oder zu welchem Subsystem der Hot-Spot gehört. Trotzdem gestaltet sich die Integration von Funktions-Hot-Spots in das Objektmodell einfacher, als die der Daten-Hot-Spots. Vorbedingung hierfür ist die geeignete Granularität eines Funktions-Hot-Spots. Sie sollte etwa einer Methode entsprechen. So ist z. B. eine Hot-Spot-Beschreibung unsinnig, die formuliert, daß der Datenbankzugriff bezüglich einer speziellen Datenbank flexibel sein sollte.

Anpassung ...	*Anpassung durch den Endbenutzer*	*Veränderung des Objektmodells*
mit Neustart	nein	zusätzliche Einschubmethode
ohne Neustart	nein	zusätzliche Einschubmethode in getrennter Einschubklasse
mit Neustart	ja	zusätzliche Einschubmethode + Konfigurationswerkzeug
ohne Neustart	ja	zusätzliche Einschubmethode in getrennter Einschubklasse + Konfigurationswerkzeug

Tabelle 4.1: Transformationsregeln für Funktionskarten von Hot-Spots.

Entsprechend sollte für einen Funktions-Hot-Spot bei geeigneter Granularität gerade eine neue Einschubmethode eingefügt werden. Diese sollte entweder in die Klasse eingetragen werden, in der auch die Schablonenmethode liegt, oder getrennt von ihr. Erinnern wir uns, daß die Trennung von

Schablonen- und Einschubklassen eine Vorbedingung für Laufzeitanpassungen ist. Tabelle 4.1 faßt zusammen, wie ein Objektmodell verändert werden muß, um Flexibilitätsanforderungen von Funktionskarten zu integrieren.

Für den Fall, daß keine der zwei Alternativen (Anpassung ohne Neustart oder Anpassung durch den Endbenutzer) gewählt wurde, muß eine zusätzliche Einschubmethode in einer geeigneten Klasse eingeführt werden. Im allgemeinen reicht die Semantik des Hot-Spots aus, um sowohl die Klasse als auch die Schablonenmethode zu finden, in die die Einschubmethode eingefügt werden soll. Nehmen wir nun die Hot-Spot-Karte für die Berechnung des Mietpreises als Beispiel (siehe Abbildung 4.3). Wir setzen voraus, daß keine der beiden obigen Alternativen gewählt wurde. Entsprechend der Datenkarte (siehe Abbildung 4.4) wird die abstrakte Klasse RentalItem dem Objektmodell hinzugefügt. Anschließend transformieren wir das Objektmodell gemäß der Funktionskarte, indem wir lediglich die Methode calcRate() zur Klasse RentalItem hinzufügen. Die zugehörigen Schablonenmethoden wie printInvoice() und printOffer(), befinden sich in der gleichen Klasse (siehe Abbildung 4.5).

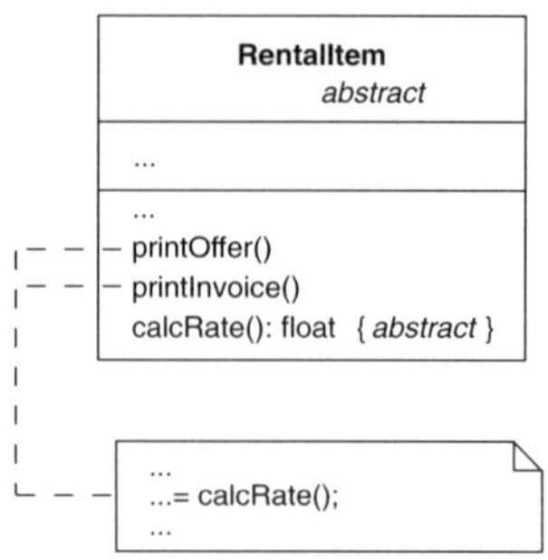

Abbildung 4.5: Einschubmethode calcRate() als Ergebnis eines Funktions-Hot-Spots.

Wenn die Anpassung der Berechnungseinheit ohne Neustart der Anwendung geschehen soll, dann muß die zusätzliche Einschubmethode in eine separate Klasse eingebaut werden. Abbildung 4.6 zeigt die zugehörige Transformation des Objektmodells. Auf diese Weise kann die Berechnung für verschiedene Vermietungen verändert werden, indem jeweils eine andere Berechnungseinheit eingesetzt wird.

Wie die Berechnungsobjekte nun konkret ausgewechselt werden können, legt fest, ob auch Endbenutzer diese Arbeit durchführen können oder nicht. Eine Möglichkeit wäre es, die Informationen zur Konfiguration der Berechnung einfach als Text in einer Ressourcendatei abzulegen. Ein Buchungs-

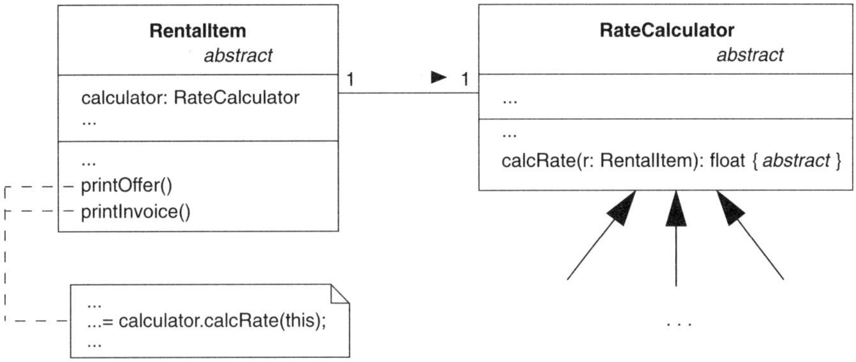

Abbildung 4.6: Einschubklasse RateCalculator als Ergebnis eines Funktions-Hot-Spots.

system, das mit diesem Framework gebaut würde, würde diese Ressourcendatei im Falle eines Neustarts (startup) oder, wenn ein Endbenutzer dies explizit forderte, lesen. Wenn aber die Konfigurationsdatei nur mittels eines gewöhnlichen Texteditors geändert werden könnte, würden sich viele Endbenutzer weigern, diese Änderungen auch tatsächlich durchzuführen. Andererseits könnten Endbenutzer die Konfiguration leisten, wenn sich die Ressourcendatei interaktiv mit einem GUI-Editor bearbeiten ließe.

Einige Funktionskarten können auch ohne Einschubmethode oder Einschubklasse auskommen. Denn in manchen Fällen reicht allein der Einsatz von Ressourcendateien und geeigneten Editoren aus, um dieselbe Flexibilität zu erzielen. In unserem Beispiel würde dieser Ansatz genügen, wenn der Algorithmus der Mietberechnung ausschließlich durch verschiedene Preise beeinflußt würde. Dann würden genau diese Preisinformationen in einer Ressourcendatei abgelegt werden.

Es sei darauf hingewiesen, daß „Anpassung durch Endbenutzer" nicht notwendigerweise heißt, daß keine Programmierleistung mehr nötig ist. Nur wenn es eine große Anzahl von Berechnungen gibt, ist es wahrscheinlich, daß ein Endbenutzer nur noch eine geeignete auswählen muß; andernfalls muß natürlich zunächst eine passende implementiert werden.

Rekursive Schablonen-Einschubkombinationen

Bislang haben wir Hot-Spot-Karten lediglich im Zusammenhang mit abstrakten Klassen und der Vereinigung oder Trennung von Schablonen- und Einschubmethoden genannt. Der aufmerksame Leser und die aufmerksame Leserin werden natürlich bemerkt haben, daß Hot-Spot-Karten fehlen, die die rekursiven Konstruktionsprinzipien widerspiegeln.

Entwurfsaspekte, die durch rekursive Schablonen-Einschubkombinationen erfaßt werden können, können mit den eingeschränkten Ausdrucksmitteln der Hot-Spot-Karten nicht ausgedrückt werden. Das vorgegebene Vokabular beschränkt sich absichtlich auf die Funktionalität und schließt Konzepte, wie etwa die Definition von Klassenschnittstellen und die Vererbung aus. Entsprechend bleibt es dem Softwaretechniker überlassen, rekursive Konstruktionsprinzipien anzuwenden, um so eine elegantere und flexiblere Architektur zu erstellen.

Wir können jedoch eine Reihe von Konstruktionsprinzipien wiedererkennen, indem wir das vorliegende Objektmodell analysieren. Beziehungen wie *part-of, consists-of, manages, owns* und ähnliche weisen auf das GoF-Muster COMPOSITE hin. Für den Fall, daß eine abstrakte Klasse überladen wirkt, können sich Softwaretechniker für die Komposition von Verhalten mittels Objektketten entscheiden: Ein Teil des Verhaltens wird in separate Klassen verlagert, so daß es durch Komposition von Objekten wieder hinzugefügt werden kann.

Wenn Softwaretechniker die Eigenschaften von Objekthierarchien und zusammenarbeitenden Objekten beachten, dann können sie intuitiv Kontexte entdecken, wo diese Konstruktionsprinzipien angewandt werden können.

4.4 Beispiel für einen Hot-Spot-basierten Entwurf von Frameworks

Dieser Abschnitt zeigt nun, wie Objektmodelle entworfen bzw. ihre Entwürfe korrigiert werden können, wenn Hot-Spot-Karten die Anforderungen an Flexibilität festlegen. Um diese Anforderungen genau verstehen zu können, muß der Anwendungsbereich gedanklich gut durchdrungen und verstanden sein. Das vorige Kapitel verwandte als Beispiel die Simulation. Wir setzen dies hier fort und verfeinern diese Fallstudie. Eine weitere Fallstudie beschäftigt sich mit der Entwicklung eines kleinen Frameworks, mit dem hierarchische Strukturen durchlaufen werden können. Dies ist ein Anwendungsbereich, der sehr bekannt und weit verbreitet ist, und keiner ausführlichen Diskussion mehr bedarf.

Das Simulationsframework als Basis für die Verwaltung von Workflow

Systeme zur Verwaltung von Workflow[2] (Workflow Management Systems) gehören zur Gruppe der Groupwaresysteme. Sie koordinieren Benutzer, die

[2] Für ausfürlichere Information über diese Systeme, insbesondere ihre Architektur und ihre Modellierung, siehe beispielsweise [McBl91, Ja94, SJKB94]

zusammen arbeiten, um eine bestimmte Aufgabe zu erfüllen. Eine Aufgabe besteht aus vielen Aktivitäten, die durch Actors, d. h. Personen oder Anwendungen, in einer bestimmten Reihenfolge und zu einem bestimmten Zeitpunkt ausgeführt werden müssen. Dementsprechend besteht der Kern eines Workflowsystems aus einem zeitbasierten Ereignis-Benachrichtigungssystem, vergleichbar dem in diskreten Ereignissimulationssystemen.

Der Unterschied in unserem Fall besteht nun darin, daß der Benachrichtigungsmechanismus in unserer Klasse Simulation ausschließlich Simulationszeit und nicht Realzeit verwendet. Die Simulation schreitet auf der Zeitachse von Actor zu Actor fort. Die Zeit zwischen diesen Actors verstreicht nicht tatsächlich, sondern wird einfach übersprungen. Die Hot-Spot-Karte in Abbildung 4.7 beschreibt die geforderte Flexibilität im zeitbasierten Benachrichtigungsmechanismus.

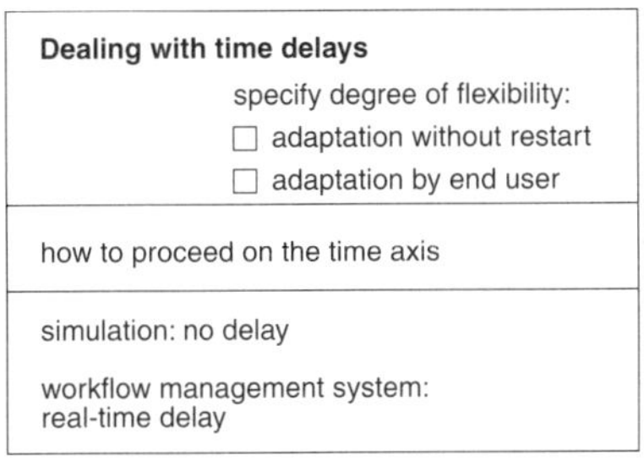

Abbildung 4.7: Eine Hot-Spot-Karte, die flexiblen Zeitfortschritt spezifiziert.

Um dieser Vorgabe gerecht zu werden, muß eine Einschubmethode in die Klasse Simulation eingefügt werden. Die neue Einschubmethode waitUntil(...) und ihre Schablonenmethode werden in einer Klasse vereinigt, da die Hot-Spot-Karte keinen Hinweis auf gewünschte Laufzeitflexibilität enthält. Entsprechend dem nun allgemeineren Verhalten wird der Bezeichner der Klasse Simulation in Notifier umbenannt. Die Methode simulate(...) wird analog in notify(...) geändert.

Die Defaultimplementierung von waitUntil(...) in der Klasse Notifier ist leer, so daß in Wirklichkeit kein Zeitverzug auftritt. Deshalb muß die Einschubmethode nicht überschrieben werden, wenn die Klasse Notifier auch für die diskrete Ereignissimulation verwendet wird. Für den anderen Fall realisiert die Klasse WFNotifier (für Workflow Notifier) den realen Zeitverzug in der überschriebenen Einschubmethode. Abbildung 4.8 zeigt die Klassenhierarchie, wobei die neue Einschubmethode durch Fettdruck markiert ist.

Code-Ausschnitt 4.1 zeigt die geänderte Benachrichtigungsschleife in der Klasse Notifier mit der eingefügten Einschubmethode waitUntil(...).

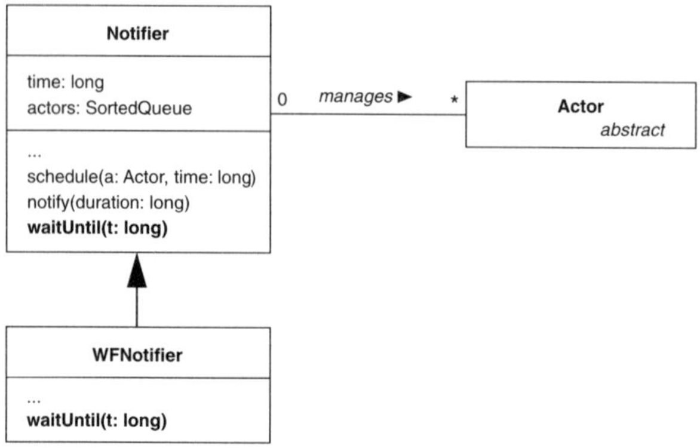

Abbildung 4.8: Plazierung der zusätzlichen Einschubmethode waitUntil(...).

```
public class Notifier extends Thread {
        ...
        public void notify(long duration) {
                Actor actor;
                long endOfNotificationPeriod= time + duration;
                do {
                    if (!actors.isEmpty()) {
                        actor= actors.dequeue();
                        time= actor.time;
                        waitUntil(time);
                        actor.commit();
                    } else     // keine weiteren Actors in der Warteschlange
                        time= endOfNotificationPeriod+ 1;
                                        // Verlassen der Schleife
                } while (time <= endOfNotificationPeriod);
        }
        public void waitUntil(long t) {
        }
        ...
}
```

Code-Ausschnitt 4.1: Generische, zeitbasierte Benachrichtigungsschleife

Die Klasse Notifier ist nun eine Unterklasse der Bibliotheksklasse Thread aus Java. Deshalb kann leicht ein realzeitabhängiges Verhalten in die Klasse WFNotifier eingesetzt werden, indem die Methode sleep(...) aufgerufen wird (siehe Code-Ausschnitt 4.2).

```
public class WFNotifier extends Notifier {
        ...
        public void waitUntil(long t) {
                long timePeriod= ... // berechnet 't - current time'
                sleep(timePeriod);
        }
        ...
}
```

Code-Ausschnitt 4.2: Einschubmethode für die Realzeitbenachrichtigung

Obwohl Arbeitsabläufe normalerweise in Realzeit verarbeitet werden, kann deren Simulation doch sinnvoll sein, z. B., um Geschäftsabläufe zu optimieren. Deshalb sollte ein Workflowsystem in der Lage sein, sowohl im Realzeit- als auch im Simulationsbetrieb zu laufen. Dies erfordert natürlich mehr Flexibilität im System. Die Hot-Spot-Karte in Abbildung 4.9 dokumentiert diese Anforderung. Da der zeitbasierte Benachrichtigungsmechanismus eine Basiskomponente im Herzen des Workflowverwaltungssystems ist, brauchen Endbenutzer diesen Aspekt nicht mehr zu konfigurieren. Andere Systemkomponenten unterstützen ihn beim Wechsel zwischen Realzeit- und Simulationsbetrieb.

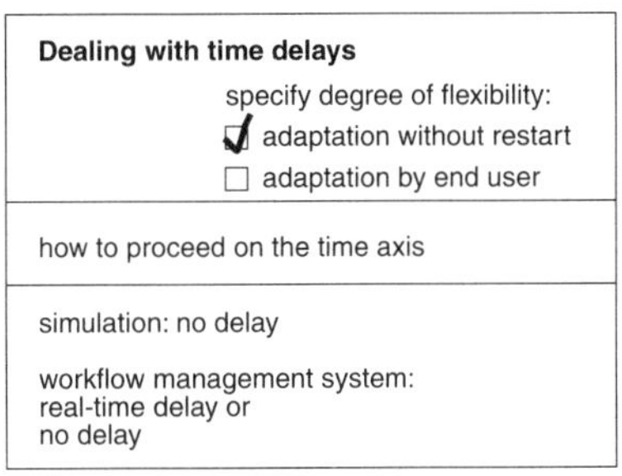

Abbildung 4.9: Eine Hot-Spot-Karte, die flexiblen Zeitfortschritt zur Laufzeit spezifiziert.

Die Überarbeitung des Frameworkentwurfs folgt dieser Anforderung, indem die Einschubmethode waitUntil(...) in eine abstrakt gekoppelte Einschubklasse namens DelayPolicy verschoben wird (siehe Abbildung 4.10).

Eine Alternative zu diesem aufwendigen objektorientierten Entwurf ist eine vergleichsweise einfache, konventionelle Lösung: Eine Boolesche Variable wird verwendet, um die Art der Verzögerung zu speichern. Eine if-

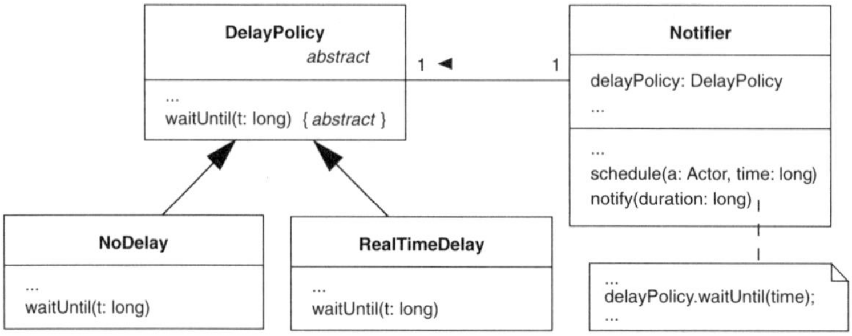

Abbildung 4.10: Abstrakt gekoppelte Verzögerungsstrategie.

Konstruktion prüft diese Information. Falls Realzeit vorliegt, wird die Klasse Thread deaktiviert.

Natürlich ist diese konventionelle Lösung restriktiver. Jede Aktion, die in Verbindung mit der Zeitverzögerung stünde, erforderte dann Quellcodeänderungen in der Klasse Notifier. So könnte es vorkommen, daß einige Arbeitsabläufe zusätzliche Benachrichtigungen oder Protokolle erzeugen müssen, wenn eine Realzeitverzögerung eine gesetzte Grenze überschritte. Im Unterschied zum konventionellen Ansatz könnten solche Änderungen elegant in die objektorientierte Lösung eingebracht werden und damit ohne Quellcodeänderung der Klasse Notifier geschehen. Im Falle der konventionellen Lösung müßte der Quellcode selbst um zusätzliche bedingte Schleifenkonstrukte erweitert werden. Eine Vielzahl solcher Spezialfälle würde schließlich schnell zu einem unübersichtlichem Programmtext für die Klasse Notifier führen.

Durchlaufen von Baumhierarchien

Wir wollen nun einen vollständig anderen Anwendungsbereich betrachten. Baumhierarchien sind gängige Datenstrukturen in vielen Anwendungen. So können z. B. im Umfeld von Workflowverwaltungssystemen die Aktivitäten hierarchisch strukturiert werden, die einen Arbeitsablauf (= `workflow` oder `task`) bilden, wenn solch ein Arbeitsablauf aus weiteren Teilarbeitsabläufen besteht. Dem Endbenutzer sollte dann die Möglichkeit geboten werden, diese Workflowhierarchien zu durchlaufen. Genauso sollte dies auch für hierarchische Dateisysteme möglich sein. Um nun nicht eine Vielzahl solcher Werkzeuge (Browser) für jeden Spezialfall völlig neu entwickeln zu müssen, sollten sie auf der Basis eines Frameworks entstehen, das für das Durchlaufen von Bäumen konzipiert wurde.

Das erste Objektmodell der nun folgenden Fallstudie entspricht einem Beispiel aus der Dissertation von Erich Gamma [Ga92]. Er zeigt die Entwicklung eines Werkzeuges zum Durchlaufen von Dateihierarchien (Dateibrowser). Dieses wird zunächst mit dem GUI-Framework ET++ realisiert und dann zu einem Browser für Baumhierarchien weiterentwickelt. Abbildung 4.11 zeigt eine schematische Darstellung dieses Browsers. Die drei Teilfenster im oberen Teil des Gesamtfensters unterstützen das interaktiv gesteuerte Durchlaufen von Dateihierarchien (engl. `directories`). Jedes der Teilfenster listet den Inhalt einer solchen Dateihierarchie auf. Eine Dateihierarchie wird durch das Symbol eines Aktendeckels, links vom Bezeichner, identifiziert. Wird nun eine Dateihierarchie mit der Maus aus einer Liste ausgewählt, dann wird ihr Inhalt im Teilfenster zur Rechten angezeigt. Wenn das rechte Ende der sichtbaren Dateihierarchien erreicht wurde, werden die Listen nach links verschoben. Mit den Pfeilfeldern unter den Teilfenstern können die Listen auch „per Hand" verschoben werden. Die Auswahl einer einfachen Textdatei in einer Liste öffnet die zugehörige Datei im Editorfenster, das im unteren Teil des Gesamtfensters positioniert ist.

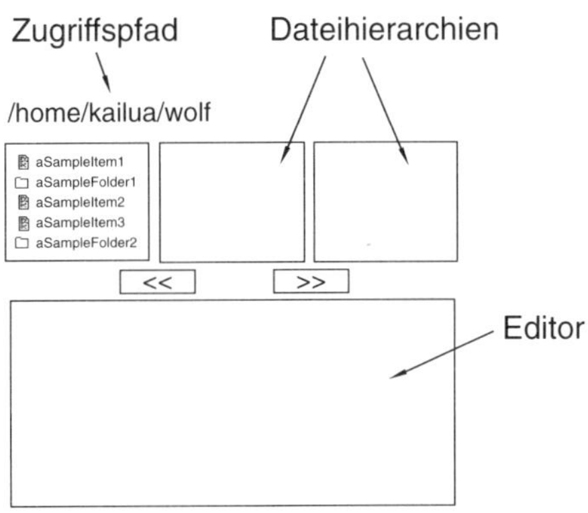

Abbildung 4.11: Schematische Darstellung einer ET++-Browseranwendung.

Abbildung 4.12 zeigt die relevanten Entwurfsaspekte der ET++-Browseranwendung. Ein Objekt FileItem stellt das Datei(hierarchien)symbol und den Bezeichner der Datei oder der Hierarchie resp. dar und speichert seinen Typ (Dateihierarchie, einfache Textdatei oder ausführbare Datei, usw.). Ein Objekt der Klasse Directory führt die Liste der Objekte der Klasse FileItem und damit die Liste der Elemente, die in der Dateihierarchie enthalten sind. Schließlich speichert ein Objekt der Klasse FileBrowserView den Zugriffspfad, d. h. die Liste von Objekten der Klasse Directory, die ein Endbenutzer ausgewählt hat. Das gestrichelt umrandete Rechteck gibt an, daß ein Objekt der Klasse FileBrowserView zusätzlich noch die aktuell sichtbaren Dateihierarchien verwaltet.

Betrachten wir nun einige Eigenschaften dieser Objekte. Wenn ein Benutzer eine Dateihierarchie ganz rechts außen auswählt, dann muß ein weiteres Objekt Directory an den Zugriffspfad angefügt werden, und der Inhalt der neu ausgewählten Dateihierarchie muß erzeugt und dargestellt werden. Wenn eine Teildateihierarchie an einer Stelle mitten im Zugriffspfad ausgewählt wird, dann müssen die Dateihierarchien rechts davon aus dem Zugriffspfad entfernt werden, und die neu gewählten müssen statt dessen hinzugefügt werden.

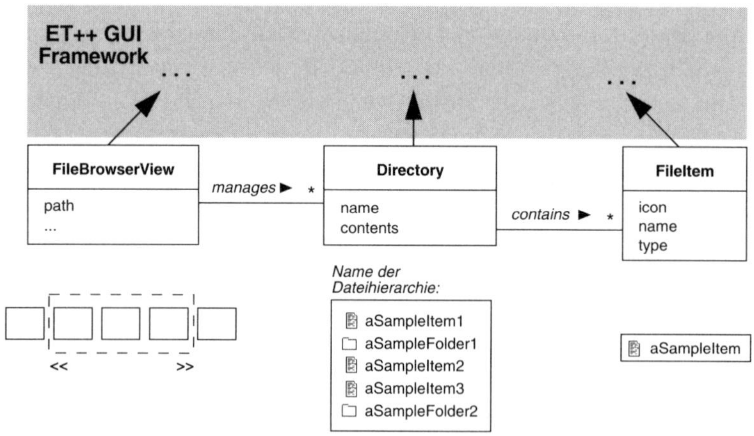

Abbildung 4.12: Klassen für einen Dateibrowser (entnommen und angepaßt aus [Ga92]).

Die Anwendung eines solchen Dateibrowsers, wie oben umrissen, ist zu speziell, um allgemeine Baumhierarchien durchlaufen zu können. Die folgende Hot-Spot-Karte beschreibt, um welche Art Flexibilität das Objektmodell erweitert werden muß, um ein Framework für einen Baumbrowser zu erhalten.

Browser verarbeiten verschiedenste Objekttypen. Beispielsweise arbeiten Dateibrowser auf Dateihierarchien und Dateien, Workflowbrowser auf Aktivitäten und Teilarbeitsabläufen, usw. Abbildung 4.13 zeigt die Daten-Hot-Spot-Karte, die die Notwendigkeit einer abstrakten Klasse TreeBrowserItem verdeutlicht.

Weiterhin unterscheiden sich die Baumbrowser darin, wie die Elemente des Baumes zusammengestellt werden, wenn eine seiner Teilwurzeln ausgewählt wird. Im Falle eines Dateibrowsers wird die Information mittels

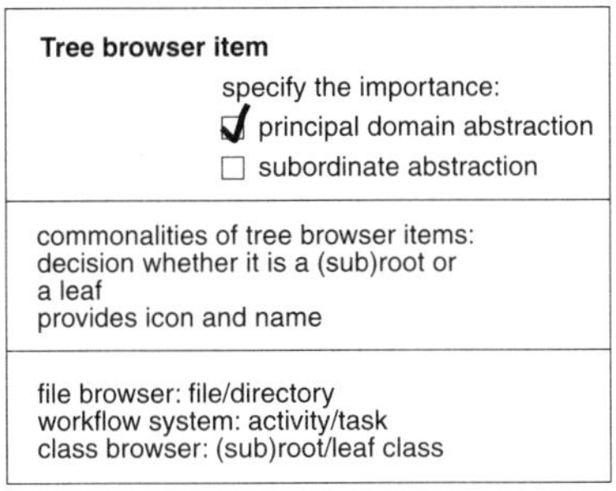

Abbildung 4.13: Eine Datenkarte für Hot-Spots eines Baumbrowsers.

des Betriebssystems und dessen Dateizugriffskomponente geliefert. In einem Workflowverwaltungssystem ist diese Information als Aktivitätenhierarchie in einer anwendungsspezifischen Datenstruktur abgelegt. Die Funktionskarte, wie in Abbildung 4.14 gezeigt, faßt diese Anforderungen zusammen.

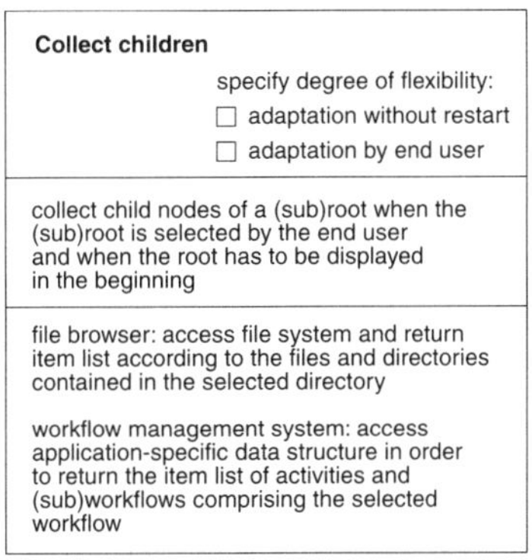

Abbildung 4.14: Eine Funktionskarte für Hot-Spots eines Baumbrowsers.

Abbildung 4.15 zeigt das Framework für Baumbrowser, das sich aus der Hot-Spot-bezogenen Transformation des ursprünglichen Objektmodells ergibt. Die Klassen für den Dateibrowser werden nun umbenannt, um das allgemeinere Baumbrowserverhalten wiederzugeben. FileBrowser wird zu TreeBrowser, Directory zu ChildContainer und FileItem zu TreeBrowserItem.

Die ursprüngliche Klasse FileBrowser realisiert die Verarbeitung von Ereignissen mit Hilfe von dateisystemspezifischen Operationen. Wenn beispielsweise ein Dateielement ausgewählt wird, prüft die Routine für die Ereignisverarbeitung, ob das ausgewählte Element eine Datei oder eine Dateihier-

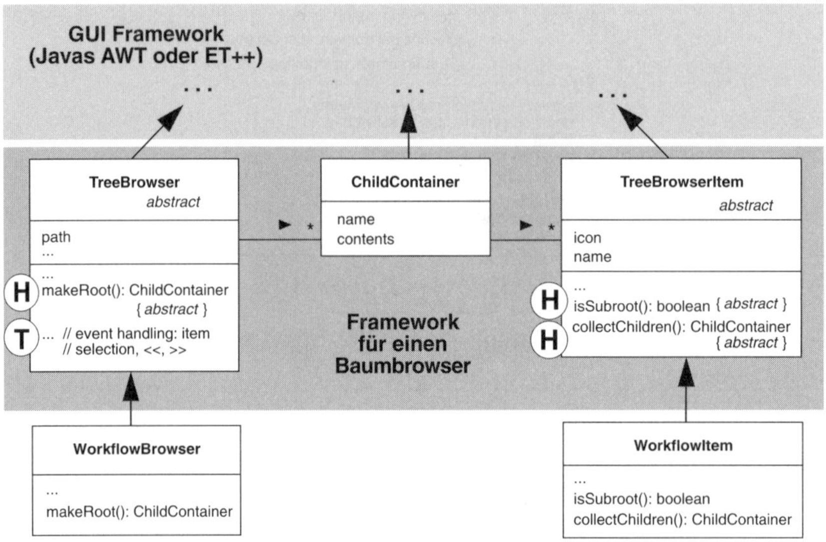

Abbildung 4.15: Framework für einen Baumbrowser.

archie ist. Im letzteren Fall, wird der Inhalt in einem Objekt der Klasse Directory gespeichert und im geeigneten Teilfenster angezeigt. Zu Beginn wird das am weitesten links stehende Teilfenster mit den Dateielementen der Wurzeldateihierarchie gefüllt.

Die Routine zur Ereignisverarbeitung wird nun zur Schablonenmethode mit den Methoden makeRoot(), isSubroot() und collectChildren() als Einschubmethoden. Diese Einschubmethoden ergeben sich aus der Funktionskarte in Abbildung 4.14 (Schablonen- und Einschubmethode sind in Abbildung 4.15 durch ein T bzw. H in einem Kreis gekennzeichnet). Ein Objekt der Klasse TreeBrowser ruft die Einschubmethode makeRoot() zu Beginn auf. Diese Einschubmethode gibt ein Objekt der Klasse ChildContainer mit allen Elementen der obersten Ebene der Hierarchie zurück. Das TreeBrowser-Objekt stellt diese Liste dann im linken Teilfenster dar.

Wenn nun ein Objekt der Klasse TreeBrowserItem in einem der Teilfenster ausgewählt wird, dann ruft die Routine zur Ereignisverarbeitung die Methode isSubroot() auf und prüft so, ob eine Teilwurzel ausgewählt wurde. Ist dies der Fall, dann wird die Nachricht collectChildren an das TreeBrowserItem-Objekt gesendet, das daraufhin alle seine Instanzen der Klasse ChildContainer mit den zugehörigen Nachfolgeknoten liefert.

Die Klassen WorkflowBrowser und WorkflowItem realisieren die abstrakte Einschubmethode. Insgesamt verwendet der Browser für Workflow das Verhalten der Ereignisverarbeitung und die Verwaltung der sichtbaren (Teil-)-Wurzellisten, die nun allgemeiner durch die Klasse TreeBrowser implementiert werden.

So weit es nun die graphische Darstellung der Objekte der Klasse TreeBrowserItem betrifft, wurde für den Entwurf des Frameworks angenommen, daß die Klasse TreeBrowserItem von einer geeigneten GUI-Frameworkklasse abgeleitet werden kann. So bieten z. B. ET++ und das GUI-Framework von Java, namens A Window Toolkit (AWT), solche Klassen an. Das Gleiche gilt für die Klasse TreeBrowser, für die angenommen wird, daß sie die Möglichkeiten zur Verarbeitung von Ereignissen von einer Oberklasse erbt.

4.5 Hinweise zum Aufspüren von Hot-Spots

Wie bereits erwähnt, ist die Annahme stark idealisiert, daß immer perfekte Anwendungsexperten zur Verfügung stehen, die viele schöne Hot-Spot-Karten produzieren, wenn man ihnen nur die leeren Karten aushändigt. Im Gegenteil: In der Regel gilt, daß die zukünftigen Anwender nicht gewöhnt sind, Fragen mit Blickrichtung auf einen generischen Lösungsansatz zu beantworten. Wir machen im folgenden Vorschläge, wie mit dieser Schwierigkeit umgegangen werden kann.

Den laufenden Betrieb untersuchen

Die meisten Softwaresysteme müssen keine völlig neuartigen Probleme lösen. Viele Softwareersteller entwickeln Software ausschließlich innerhalb eines bestimmten Anwendungsbereiches. Die Ursache für wesentliche Neuentwicklungen sind laufende Systeme, die vollkommen veraltet sind. In vielen Fällen sind dies Hinterlassenschaften früherer Entwickler oder, wie Adele Goldberg es auch nennt, „millstones“ (Mühlsteine) (s. [Go95]): Man möchte sie am liebsten wegwerfen, darf es aber nicht, da man ohne sie nicht leben kann.

Infolge dessen versuchen Firmen neue Systeme parallel zu den Alten zu entwickeln, um das Problem aus der Welt zu schaffen. Dabei erhält man die Chance, vom alten System zu lernen. Wenn man die Anwendungsexperten und/oder die Betreuer der laufenden Systeme befragt, an welchen Stellen der größte Aufwand gerechtfertigt ist, um Änderungen während der Laufzeit durchführen zu können, dann bekommt man bereits eine Menge wertvoller Erfahrungen und Informationen mitgeteilt. Speziell diese Anteile sollten in einem zukünftigen System die Stellen für Hot-Spots sein. Weiterhin hilft es, sich Softwareprojekte anzusehen, deren Kosten in der Vergangenheit explodiert sind. Auch hierdurch lassen sich Hinweise auf Stellen für Hot-Spots finden. Die bereits im bisherigen System vorhandenen flexiblen Komponenten müssen selbstverständlich auch im neuen System erhalten bleiben.

Use Cases zu Hilfe nehmen

`Use Cases`, s. [JCJO93, JEJa95]), auch Szenarien genannt, erweisen sich als erstklassiges Mittel die Kommunikation zwischen Anwendungsexperten und Softwaretechnikern im Feld der objektorientierten Softwareentwicklung zu unterstützen. Man kann aus ihnen auch Hot-Spots ableiten: Man nehme die Funktionen der Use Cases eine nach der anderen, und befrage einen Anwendungsexperten zur notwendigen Flexibilität. Wenn man viele solcher Use Cases untersucht, wird man zweifelsohne auch Gemeinsamkeiten entdecken. Dann sollte man die Unterschiede zwischen den Use Cases durch Hot-Spots beschreiben.

Die richtigen Menschen befragen

Dieser letzte Hinweis mag sehr trivial klingen. Trotzdem sollten man versuchen, die Abstraktionsfähigkeit der zu befragenden Menschen im Vorfeld einzuschätzen. Viele Menschen verlieren sich in unendlich vielen Einzelheiten. Nur einigen wenigen gelingt es, in geeignetem Maße davon zu abstrahieren. Diese Fähigkeit wird in verschiedenen Situationen des Lebens sichtbar. Also sollte man die Menschen beobachten und dann genau die Geeigneten auswählen. Solche abstraktionsfähigen Menschen können wesentlich zur Identifikation von Hot-Spots beitragen und damit entsprechend den Prozeß zur Definition von generischen Softwarearchitekturen erleichtern. So sollte man zumindest einige Entwickler des laufenden Systems, die solche Abstraktionsfähigkeiten besitzen, zur neuen Entwicklungsgruppe hinzubitten.

Kapitel 5

Ausblick

Wie sieht nun die Zukunftsperspektive von Frameworks aus? Bilden Konstruktionsmuster zusammen mit Hot-Spot-Karten die magischen Zutaten eines Frameworks? Dieses Kapitel versucht nun, das bisher vorgestellte abzurunden, indem verschiedene Aspekte der Frameworkentwicklung subjektiv eingeschätzt und Frameworks in eine Zukunftsperspektive der Softwareentwicklung eingeordnet werden.

5.1 Framework-Entwurfstechniken

Die vorhergehenden Kapitel stellen die aktuellen Fortschritte der Frameworkentwicklung ausführlich dar. Trotz alledem wird es noch lange dauern, bis der Entwurf von Frameworks wirklich verbessert wird und systematische Ansätze dafür vorliegen. Zur Zeit sind auch die besten Frameworks noch Ergebnisse eines mehr oder weniger chaotischen Entwicklungsprozesses, der meistens im Umfeld von Forschungsinstituten abläuft. Aus diesem Grund umfassen Ratschläge für die Entwicklung von Frameworks meistens sehr allgemeine, aber dennoch hilfreiche Regeln (für Beispiele hierfür siehe eine Zusammenfassung in [Ta95]).

Deshalb sollte man die Empfehlungen zur Identifikation von Hot-Spots im Zusammenhang mit den grundlegenden Konstruktionsmustern aus folgendem Blickwinkel betrachten: Die Qualität von Frameworks und die angemessene Flexibilität der Architektur hängen wechselseitig voneinander ab. Aus diesem Grund ist sowohl die explizite Spezifikation der Flexibilitätsanforderungen als auch die systematische Transformation des Objektmodells ein wichtiges Entwurfselement. Beide tragen gemeinsam zu einem systematischeren Entwicklungsprozeß für Frameworks bei.

Im wesentlichen sind es zwei Beweggründe, die die Identifikation von Hot-Spots zur expliziten Aktivität erheben: Der eine ist, daß Entwurfsmuster, die in einer katalogähnlichen Form präsentiert werden, Konstruktionsprinzipien und anwendungsspezifische Semantik vermischen. Dabei würde es sicher nicht weiterhelfen, wenn nur die Semantik aus den Entwurfsmustern herausextrahiert würde und der Frameworkentwickler mit den reinen Konstruktionsprinzipien allein gelassen würde. Statt dessen müßten diese Konstruktionsprinzipien mit der Anwendungssemantik kombiniert werden, für die das Framework entwickelt werden soll. Die Anforderungsanalyse mittels Hot-Spots liefert genau diese Information. Abbildung 5.1 gibt den Synergieeffekt wieder, der aus der Paarung von Konstruktionsprinzipien und anwendungsspezifischen Hot-Spots entsteht. Das Ergebnis sind dann Entwurfsmuster, die auf den speziellen Anwendungsbereich zugeschnitten sind.

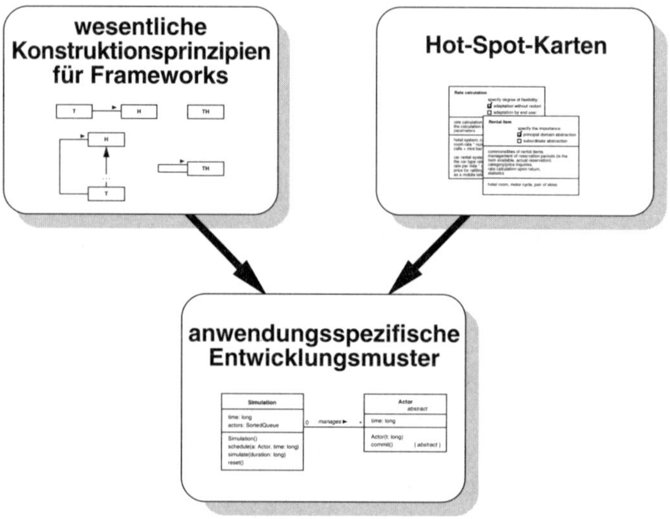

Abbildung 5.1: Anpassen von Entwurfsmustern an den gewünschten Anwendungsbereich.

Ein weiterer Grund, warum explizite Identifikation von Hot-Spots hilfreich ist, kann aus den Einflußfaktoren der realen Frameworkentwicklung abgeleitet werden: Es gibt selten zwei oder mehr ähnliche Systeme, deren Gemeinsamkeiten untersucht werden könnten. Häufig bildet daher ein einziges, zu spezielles System die Grundlage für die Entwicklung von Frameworks. Außerdem sollten Gemeinsamkeiten gegenüber den flexiblen Anteilen des Frameworks bei weitem überwiegen. Wenn es nicht signifikant mehr Standardanteile (engl. `frozen spots`) als Hot-Spots in einem Framework gibt, dann löst sich gerade der zentrale Nutzen der Frameworktechnologie in Luft auf, nämlich die weitestgehend standardisierte Architektur.

Daraus folgt, daß durch Konzentration auf Hot-Spots mehr erreicht werden kann, als durch den Versuch, Gemeinsamkeiten zu ermitteln. Genau hierfür liefern die Hot-Spot-Karten den richtigen Ansatz.

Trotzdem sollte man nicht zu euphorisch sein! Obwohl die Kombination von Konstruktionsprinzipien und die Identifikation von Hot-Spots brandheiße Themen für Frameworkmuster sind, sind wir doch noch weit von einem ausgereiften Vorgehen entfernt. Das vorherige Kapitel beschrieb die offensichtlichsten Probleme bei der Identifikation von Hot-Spots. Hier sei vor allem nochmal auf die Schwierigkeit hingewiesen, geeignete Anwendungsexperten zu finden. Nämlich solche, die sich flexiblere Systeme vorstellen können und darum auch die richtigen Antworten auf unsere Fragen geben können. Der Wert der Identifikation von Hot-Spots liegt darin, das Bewußtsein dafür zu schärfen, daß Flexibilität nicht nur um ihrer selbst willen, sondern anhand von echten Anforderungen der Anwendung eingeführt werden muß.

Damit könnte sich der „Las Vegas Ansatz" zur Entwicklung von Frameworks weiter eindämmen lassen:

> „A framework designer gambles that one architecture will work for all applications in the domain." (Zitat aus [GHJV95])

Einen Ratschlag für die, die bisher noch nicht mit Frameworks gearbeitet haben: Keine Methodik oder Entwurfstechnik wird den notwendigen, aber schmerzhaften und mühsamen Lernprozeß vermeiden können. Spielen Sie zunächst mit einigen der zugänglichen umfangreichen Frameworks, und verwenden Sie sie zunächst nur wieder, um ein besseres Verständnis und Gefühl für die Technik zu bekommen. Entwickeln Sie erst nach dieser Phase selbst Frameworks.

5.2 Frameworks als Zukunftsinvestition

Bislang wurde noch kein Wundermittel gegen die bekannten Schwächen der Softwareentwicklung gefunden. Man denke nur an Schlagworte wie z. B. Computer Aided Software Engineering (CASE), Prototyping, automatisches Programmieren und Objektorientierung. Wie bereits in [PrPo95] und von Brooks an einem virtuellen runden Tisch über die Zukunft der Software festgestellt wurde:

> „Those who remain in their lethargy and wait for a silver bullet to overcome the software crisis will be disappointed. No single concept, method or tool will result in a breakthrough."

Deshalb sollten wir die Frameworktechnik nicht als nächstes Wundermittel betrachten, zumal diese Technik noch in den Kinderschuhen steckt.

Der Grund für die nur langsam fortschreitende Verbreitung dieser Technik könnte darin liegen, daß die Entwicklung von Frameworks eine erhebliche Investition bedeutet. Die Entwicklungskosten sind deutlich höher als die zur Erstellung einer speziellen Anwendung. Die Kosten der Frameworkerstellung rechnen sich erst langfristig, denn die Anwendung der Frameworktechnik erzielt keine kurzfristig sichtbaren Gewinne, vor allem wenn ein Framework zum ersten Mal entwickelt werden muß. Außerdem wenden unzählige Projekte objektorientierte Techniken noch immer auf sehr naive Weise an und kommen so ihrem gestellten Ziel nicht nahe (siehe auch Kapitel 1). Daraus kann man jetzt schon absehen, daß viele zukünftige Projekte, die auf objektorientierten Techniken basieren, versuchen werden, dann Frameworks auf ihre Fahnen zu schreiben.

Trotz der verschiedenen Probleme mit den aktuellen Frameworktechniken sind bereits jetzt die vorhandenen Frameworks gegenüber den konventionellen Softwarekonstruktionen überlegen (siehe auch die genannten Vorteile in Kapitel 1). Vor allem, weil Frameworks die Basis für Software „zum Einstöpseln“ (engl. `plug-and-play`) bilden, bei der die meisten Anpassungen bereits durch Austausch von Komponenten erreicht werden.

Nehmen wir einen Beispielbereich, in dem die Frameworktechnik voraussichtlich eine wichtige Rolle spielen wird. Schauen wir in eine Kristallkugel, um einen Blick auf die Zukunft des World Wide Web (WWW) zu werfen. Bislang befinden wir uns in einer Phase, in der beinahe alle Dokumente einfach nur angezeigt werden. Zukünftig werden drei weitere, wichtige Phasen des Netzes prophezeit [St96]:

1. Die Netzknoten (Clients, Server) werden intelligenter werden. Dies wird insbesondere den Endnutzer in die Lage versetzen, auf einfache Art und Weise auf Informationssysteme zuzugreifen. Das „Spaß am Benutzen“-Zugriffspacket von FedEx liefert bereits einen Vorgeschmack auf das, was dann möglich sein kann.

2. Es werden nicht nur Daten, sondern auch Programme zwischen den Netzknoten ausgetauscht werden. In [St96] wird ein Beispiel angegeben:

   > „A stockbroker's Web site might send out an applet [small application] that acts as a front end for displaying a ticker tape at the top of your screen.“

3. Applets werden sich in intelligente Agenten verwandeln und selbst Informationen sammeln.

In allen diesen Phasen wird die Frameworktechnik eine wichtige Rolle spielen. Denn um Netzknoten intelligenter werden zu lassen, muß eine riesige Menge von Software entwickelt werden. Nur geeignete Frameworks, nämlich die, die diese Codemenge deutlich reduzieren, werden es den Softwareentwicklern ermöglichen, dieses Arbeitspensum zu vollbringen. Die ersten Frameworks für diesen Zweck sind WebObjects von NeXT für die Bedienerseite und Cyberdog von Apple für die Klientenseite.

Applets sind Beispiele für Softwarekomponenten, die sich automatisch auf dem Netzknoten des Endnutzers konfigurieren. Wiederum werden Frameworks die Kerntechnik hinter diesen Applets sein. Da die Sprachen Java von Sun, Internet Studio von Microsoft (ursprünglich Blackbird genannt) und Telescript von General Magic speziell für die Entwicklung von Applets konzipiert wurden, werden viele Frameworks zukünftig darauf aufbauen.

Intelligente Agenten sind den Applets ziemlich ähnlich, aber aktiver. Heutzutage werden die meisten Agenten komplett in Forschungslaboren entwickelt. Das heißt, wenn Agenten im Netz modern werden, können wir auch entsprechende Agentenframeworks erwarten.

Zusammenfassend sei noch einmal betont, daß wir Frameworks nicht als neues Wundermittel betrachten, das von einem anderen Ansatz hinweggefegt wird, sobald sie ihre Aktualität verloren haben. Der Aufruhr um Frameworks wird sich bald legen und dann einem realistischeren Blick auf diese Technik Platz machen. Frameworks werden sich als die Konstanten auf dem Weg zu einer Softwareentwicklung erweisen, die auf dem Bausteinprinzip beruhen wird. Obwohl der Stand der Forschung stets weiterer Verfeinerung bedarf, bestätigen viele bereits existierende Frameworks, daß Frameworks in vielen Bereichen der Softwareentwicklung die Technik der Zukunft sein wird. Mit Hilfe dieser Technik wird sich ein (grundlegender) Wandel vollziehen: weg von der teilweise handwerklichen Einzelfertigung, hin zu einer zeitgemäßen Softwareproduktion mit anpaßbaren Frameworkkomponenten.

Literaturverzeichnis

[BeCu89] Beck, K.; Cunningham, W. (1989). A Laboratory for Object-Oriented Thinking. In *Tagungsband OOPSLA'89*, New Orleans, Lousiana

[Bo94] Boehm, B. (1994). *Megaprogramming.* Videoband der University Video Communications (http://www.uvc.com), Stanford, California

[Boo94] Booch, G. (1994). *Object-Oriented Analysis and Design with Applications.* Redwood City, CA: Benjamin/Cummings

[BoRu96] Booch, G.; Rumbaugh, J. (1996). *Unified Method.* Documentation Set, Santa Clara, CA: Rational Software Corporation.

[Br95] Brockschmidt, K. (1995). *Inside OLE.* Redmont, Washington: Microsoft Press

[Br75] Brooks, F. (1975). *The Mythical Man Month.* Reading, Massachusetts: Addison-Wesley

[BMRS+96] Buschmann, F.; Meunier, R.; Rohnert, H.; Sommerlad, P.; Stal, M. (1996). *Pattern-Oriented Software Architecture – A System of Patterns.* Wiley and Sons

[Co96] Component Integration Labs (1996). Component Integration (CI) Labs WWW home page at http://www.cilabs.org

[CoSc95] Coplien, J.; Schmidt, D. (Hrsg.) (1995). *Pattern Languages of Program Design.* Tagungsband. Reading, Massachusetts: Addison-Wesley

[Cop96] Coplien, J. (1996). *Multi-Paradigm Design for C++.* Reading, Massachusetts: Addison-Wesley

[De96] Derr, K. (1996). *Applying OMT – A Practical Step-by-Step Guide to Using the Object Modeling Technique.* New York, NY: SIGS Books/Prentice Hall

[Ga92] Gamma, E. (1992). Objektorientierte Software-Entwicklung am Beispiel von ET++: Design-Muster, Klassenbibliothek, Werkzeuge. *Promotion,* Universität Zürich, 1991; veröffentlicht im Springer Verlag, 1992

[GHJV93] Gamma, E.; Helm, R.; Johnson, R.; Vlissides, J. (1993). Design Patterns: Abstraction and Reuse of Object-Oriented Design. In *Tagungsband ECOOP'93,* Kaiserslautern, Deutschland; veröffentlicht im Springer Verlag

[GHJV95] Gamma, E.; Helm, R.; Johnson, R.; Vlissides, J. (1995). *Design-Patterns – Elements of Reusable Object-Oriented Software.* Reading, Massachusetts: Addison-Wesley

[Go95] Goldberg, A. (1995). *What Should We Learn? What Should We Teach?.* Eingeladener Vortrag auf der OOPSLA'95 (Austin, Texas); Videoband der University Video Communications (http://www.uvc.com), Stanford, California

[GoRu95] Goldberg, A.; Rubin, K. (1995). *Succeeding with Objects: Decision Frameworks for Project Management.* Reading, Massachusetts: Addison-Wesley

[He96] Helm, R. (1996). Patterns, Architecture and Software. *ACM SIGPLAN Notices,* **31**(1)

[Ja94] Jablonski, S. (1994). *Process Modeling and Execution in Workflow Management Systems.* Tagungsband, International Working Conference on Dynamic Modeling and Informations Systems, Noordwijkerhout

[JCJO93] Jacobson, I.; Christerson, M.; Jonsson, P.; Overgaard, G. (1993). *Object-Oriented Software Engineering.* Wokingham: Addison-Wesley/ACM Press

[JEJa95] Jacobson, I.; Ericsson, M.; Jacobson, A. (1995). *The Object Advantage.* Wokingham: Addison-Wesley/ACM Press

[JoFo88] Johnson, R.; Foote, B. (1988). *Designing Reusable Classes.* Journal of Object-Oriented Programming

[LRPW+96] Lewis, T.; Rosenstein, L.; Pree, W.; Weinand, A.; Gamma, E.; Calder, P.; Andert, G.; Vlissides, J.; Schmucker, K. (1996). *Object-Oriented Application Frameworks.* Manning Publications/Prentice Hall

[McBl91] McCarthy, J.; Bluestein, W. (1991). *The Computing Strategy Report: Workflow's Progress.* Cambridge, Massachusetts: Forrester Research Inc.

[Mc76] McIlroy, M.D. (1976). Mass-produced software components. In *Software Engineering Concepts and Techniques* (Buxton, J.M.; Naur, P.; Randell, B., Hrsg.). 1968 North Atlantic Treaty Organization (NATO) Conference on Software Engineering, Garmisch-Partenkirchen, Deutschland

[Pa72] Parnas, D.L. (1972). On the Criteria to be Used in Decomposing Systems into Modules. *Communications of the ACM,* **15**(12)

[Pa76] Parnas, D.L. (1976). *On the Design and Development of Program Families.* IEEE Transactions on Software Engineering, März, 1976

[Pr95] Pree, W. (1995). *Design Patterns for Object-Oriented Software Development.* Wokingham: Addison-Wesley/ACM Press

[PrPo95] Pree, W.; Pomberger, G. (1995). *The Past as Prologue,* In Where is Software Headed – A Virtual Roundtable (Hrsg. Lewis, T.), IEEE Computer, **28**(8)

[ReWi92] Reiser, M.; Wirth, N. (1992). *Programming in Oberon – Steps Beyond Pascal and Modula.* Wokingham: Addison-Wesley/ACM Press

[RBPE+91] Rumbaugh, J.; Blaha, M.; Premerlani, W.; Eddy, F.; Lorensen, W. (1991). *Object-Oriented Modeling and Design.* Englewood Cliffs, NJ: Prentice Hall

[SJKB94] Schuster, H.; Jablonski, S.; Kirsche, T.; Bussler, C. (1994). *A Client/Server Architecture for the Implementation of Workflow Management Systems.* Tagungsband, International Conference on Parallel and Distributed Information Systems, Austin, Texas

[ShGa96] Shaw, M.; Garlan, D. (1996). *Software Architecture – Perspectives on an Emerging Discipline.* Upper Saddle River, NJ: Prentice Hall

[St96] Steinberg, S. (1996). *Get Ready for Web Objects,* Wired, 4.02

[Su96a] Sun Microsystems (1996a). Java's WWW home page at http://java.sun.com

[Su96b] Sun Microsystems (1996b). Aktuelle Information über TCL auf http://www.sun.com

[Ta95] Taligent, Inc. (1995). *The Power of Frameworks.* Reading, Massachusetts: Addison-Wesley

[WGMa89] Weinand, A.; Gamma, E.; Marty, R. (1989). Design and Implementation of ET++, a Seamless Object-Oriented Application Framework. *Structured Programming,* **10**(2), Springer Verlag

[WeGa96] Weinand, A.; Gamma, E. (1996). ET++ — A Portable Homogenous Class Library and Application Framework; in *Object-Oriented Application Frameworks* (Hrsg. Ted Lewis). Manning Publications/Prentice Hall

[Wi96] Wilkinson, N. (1996). *Using CRC Cards – An Informal Approach to Object-Oriented Development.* Englewood Cliffs, NJ: Prentice Hall

[WiJo90] Wirfs-Brock, R.; Johnson, R. (1990). Surveying Current Research in Object-Oriented Design. *Communications of the ACM,* **33**(9)

[WWWi90] Wirfs-Brock, R.; Wilkerson, B.; Wiener, L. (1990). *Designing Object-Oriented Software.* Englewood Cliffs, NJ: Prentice Hall

Anhang A

Auszüge aus der Unified Notation

Zusammen mit den OOAD-Methoden wurden eine Vielzahl graphischer Notationen für Objektmodelle eingeführt. Die hier verwandte Unified Modeling Language [BoRu96] entwickelte sich aus der Verschmelzung dreier bekannter objektorientierter Methoden: die Object Modeling Technique [RBPE+91], die Methode nach Booch [Boo94] und die Use Cases von Jacobson [JCJO93]. Dieser Verschmelzungsprozeß begann 1995 und sollte sowohl das semantische Modell als auch die syntaktische Notation und die Diagramme standardisieren. Die Unified Notation schließt auch die einheitliche Notation für Diagramme mit ein. Im folgenden stellen wir die Elemente der Unified Notation zusammen, die wir in diesem Buch verwandt haben.

Klassen

Klassen werden durch Rechtecke dargestellt. In ihnen steht der Klassenbezeichner fettgedruckt, gefolgt von den Deklarationen der Instanzvariablen und dem Abschnitt für die Methodenspezifikation. Abstrakte Klassen tragen den Zusatz *abstract* direkt unter ihrem Klassenbezeichner. Der Zusatz {*abstract*} kennzeichnet die abstrakten Methoden. Abbildung A.1 zeigt ein Beispiel für ein Klassendiagramm. Dies spezifiziert eine Klasse namens ClassName als abstrakte Klasse mit zwei Instanzvariablen und zwei Methoden, von denen eine abstrakt ist.

Typischerweise werden im Diagramm nur die Aspekte dargestellt, die für den angestrebten Kontext auch relevant sind. So wird beispielsweise der Datentyp einer Instanzvariable dann nicht spezifiziert, wenn er im weiteren Verlauf nicht benötigt wird. Entsprechendes gilt auch für Methoden.

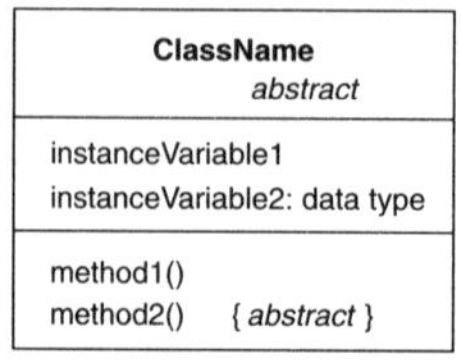

Abbildung A.1: Graphische Darstellung einer Klasse.

Die Unified Notation kennt auch Symbole wie + und - , mit denen die Sichtbarkeitsbereiche von Instanzvariablen und Methoden explizit beschrieben werden können. Wir nutzen diese Zusätze jedoch nicht. Wir gehen grundsätzlich davon aus, daß auf Methoden von Objekten zugegriffen werden kann, während Instanzvariablen verborgen bleiben. Abweichende Fälle kennzeichnen wir explizit.

Ein Pfeil zwischen zwei Klassensymbolen bezeichnet die Vererbungsbeziehung zwischen den Klassen. Abbildung A.2 zeigt als Beispiel die Oberklasse Superclass mit ihren zwei Unterklassen Subclass1 und Subclass2.

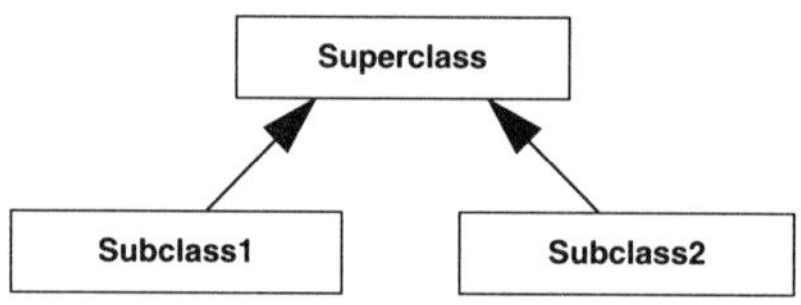

Abbildung A.2: Graphische Darstellung der Vererbungsbeziehung.

Eine durchgezogene Linie zwischen zwei Klassen bezeichnet die Assoziationsbeziehung zwischen ihnen. In der Regel wird die Assoziation durch eine Instanzvariable umgesetzt, so daß ein Objekt der einen Klasse auf ein Objekt der anderen Klasse verweist. Abbildung A.3 stellt die Assoziationsbeziehung beispielhaft dar. Die Pfeilspitze gibt die Richtung der Assoziation an. In unserem Beispiel heißt das, daß ein Objekt der Klasse A die Beziehung zu einem Objekt der Klasse B verwaltet. Konkret wird die Assoziation von der Instanzvariablen bRef realisiert. Entsprechend endet die Verbindungslinie an der Klasse A neben der Deklarationsstelle der Instanzvariablen. Der Text in *Kursivschrift* ist optional und beschreibt die Semantik der Assoziation.

Kardinalitäten an einem oder beiden Enden der Assoziation sind ebenfalls optional. So drückt beispielsweise die Kardinalität $0\text{--}*$ (mit 0 auf der A-Seite und $*$ auf der B-Seite) aus, daß viele B-Objekte, d. h. keins oder mehrere, durch ein Objekt der Klasse A referenziert werden können. In der Regel setzt

Abbildung A.3: Graphische Darstellung einer Assoziation.

eine Instanzvariable mit listen- oder feldwertigem Typ diese Beziehung um.

Abbildung A.4 zeigt, wie eine Methode mit einem Kommentar oder Codefragment versehen werden kann.

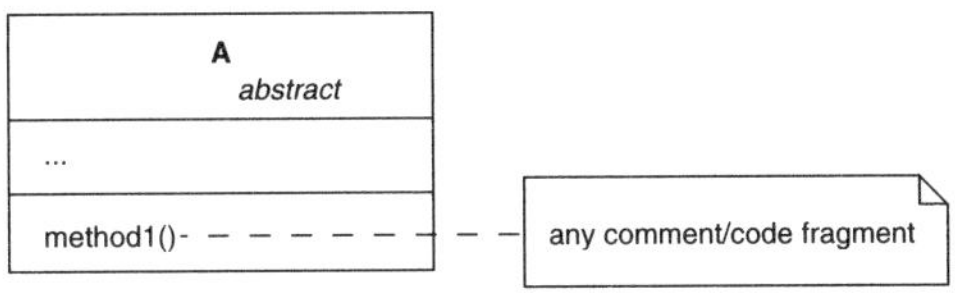

Abbildung A.4: Kommentieren einer Methode.

Objekte

Objekte werden durch Sechsecke repräsentiert, die den zugehörigen Klassenbezeichner enthalten. Abbildung A.5 zeigt ein Objekt der Klasse A, das auf ein zugehöriges Objekt der Klasse B verweist.

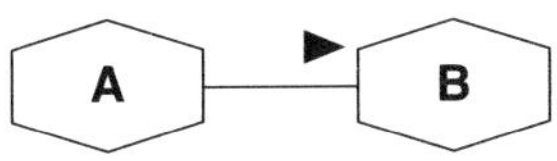

Abbildung A.5: Beispiel eines Objektdiagramms.

Diagramm für Nachrichtenabläufe

Ein Diagramm für Nachrichtenabläufe, auch Interaktionsdiagramm genannt, beschreibt dynamische Aspekte eines objektorientierten Systems. Das Diagramm zeigt, wie Nachrichten zwischen Objekten versandt werden. Hierbei werden sie nach der Zeit geordnet, wobei die Zeitachse von oben nach unten verläuft. Die Bezeichner der betroffenen Objekte sind entweder nur Klassenbezeichner (gekennzeichnet durch einen vorangehenden Doppelpunkt) oder Pseudonyme, denen ein Doppelpunkt und ein Klassenbezeichner folgt. Objekte werden durch ein Pseudonym gekennzeichnet, wenn auf ein bestimmtes Objekt Bezug genommen werden soll, so z. B. als Parameter für eine

Nachricht. Die senkrechten Linien unter den Bezeichnern symbolisieren die Objekte selbst. Eine gestrichelte Linie gibt an, daß noch kein Objekt erzeugt wurde. In Abbildung A.6 ist ein Beispiel für solch ein Interaktionsdiagramm zu sehen.

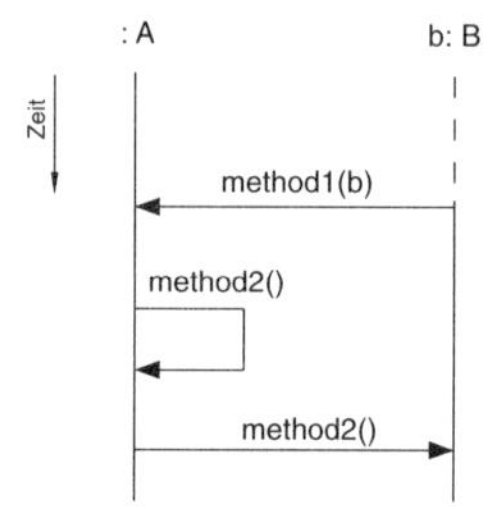

Abbildung A.6: Beispiel für ein Diagramm von Nachrichtenabläufen.

Anhang B

Objektorientierung in Java

Obwohl Java als Sprache für die Programmierung von Internet-Applets vorgestellt wurde, ist sie tatsächlich eine allgemein verwendbare Programmiersprache. Das Ziel von Sun Microsystems war es, eine objektorientierte Sprache zu entwickeln, die schlank, effizient und unabhängig von speziellen Architekturen ist. Eine Sprache, die zudem noch Sicherheitskonstrukte anbietet und zur Beschreibung von robusten Anwendungen geeignet ist. Beides ist für Appletprogrammierung notwendig. Da die Syntax der C-Syntax ähnelt, ist es für Programmierer mit C- oder C++-Kenntnissen einfach, die Java-Programmtexte zu verstehen. Im folgenden finden Sie eine Zusammenfassung der Sprachelemente, die in diesem Buch verwandt werden.

Klassendefinition

Wie die meisten objektorientierten Programmiersprachen verwendet auch Java *Klassen*, um das Schema eines Objektes zu beschreiben. Dafür bietet Java auch differenzierte Spezifikationen von Zugriffsrechten an: public, friendly, protected, private protected und private. Allerdings ist es nicht möglich, den Zugriff abschnittsweise zu beschränken, wie etwa in C++. Statt dessen müssen die Zugriffsattribute vor jeder einzelnen Instanzvariablen oder Methode angegeben werden. Das Attribut public bedeutet, daß auf eine Instanzvariable oder Methode ohne Einschränkung von außen zugegriffen werden kann. Das Zugriffsattribut friendly erlaubt jeder Klasse aus dem gleichen „Package“ (s. im folgenden) den unbeschränkten Zugriff. Geschützte (protect) Variablen und Methoden können nur durch Unterklassen benutzt werden. (Der Unterschied zwischen protected und private protected bezieht sich auf die Grenzen der „Packages“ und wird hier nicht weiter betrachtet.) Durch private gekennzeichnete Instanzvariablen und Methoden können nur innerhalb der Klasse verwendet werden.

Jede Java-Klasse besitzt einen sogenannten Konstruktor. Dies ist eine Methode mit dem gleichen Bezeichner wie die Klasse selbst. Dieser Konstruktor wird automatisch aufgerufen, wenn ein Objekt erzeugt werden soll. Java unterstützt Overloading von Funktionen. Deshalb können beliebig viele Konstruktormethoden definiert werden, solange sie sich in den Typen und/oder der Anzahl der Parameter unterscheiden.

Code-Ausschnitt B.1 zeigt ein Beispiel für eine Klassendefinition. Die Klasse A enthält einen Konstruktor, zwei öffentliche Methoden und eine geschützte Instanzvariable. Die Implementierung von Methoden basiert auf Kontrollflußkonstrukten von C. Methoden werden dynamisch gebunden.

```
class A {
        protected boolean state; // Instanzvariable; boolean ist ein
                                 // vordefinierter einfacher Typ in Java
        public A( boolean s) {   // Konstruktor
                state= s;
        }
        public void method1() {
                ...
        }
        public void method2() {
                ...
        }
}
```

Code-Ausschnitt B.1: Beispiel für eine Klassendefinition.

Klassen oder Methoden können als abstrakt markiert werden, indem abstract vor ihre Definition gesetzt wird. Eine Klasse, die mindestens eine abstrakte Methode enthält, muß als abstrakt gekennzeichnet werden. Eine abstrakte Klasse muß aber nicht notwendigerweise auch eine abstrakte Methode enthalten.

Das konzeptionelle Gegenstück zur abstrakten Klasse ist die finale Klasse. Sie wird durch das Schlüsselwort final gekennzeichnet und darf keine Unterklassen besitzen.

Anders als die meisten anderen objektorientierten Programmiersprachen bietet Java als zusätzliches Strukturierungskonzept das sogenannte Package an. Mehrere Klassen können in einem Package zusammengefaßt werden. Dies geschieht, indem man das Schlüsselwort Package gefolgt vom Bezeichner des Packages über die Klassendefinitionen schreibt (siehe Code-Ausschnitt B.2). Klassen dürfen nur dann außerhalb des Packages benutzt werden, wenn sie als public markiert sind. Die Klasse B im Code-Ausschnitt B.2 ist solch eine öffentliche und zudem abstrakte Klasse.

Packages können auch hierarchisch strukturiert werden. Wenn Packages Komponenten anderer Packages verwenden, dann müssen sie diese explizit importieren. Wir werden dieses Themengebiet hier nicht weiter ausführen.

```
package MyPackage;

class A {...
}

public abstract class B {...
}
```

Code-Ausschnitt B.2: Beispiel für eine Packagedefinition.

Java ist keine hybride Sprache wie etwa C++. Das bedeutet, daß alle Funktionen einer Klasse zugeordnet sein müssen. Trotzdem können Methoden (auch Instanzvariablen, aber dies ist hier nicht von Belang) als statisch - static - definiert werden. Diese Methoden sind dann Klassenmethoden, d. h. sie gehören konzeptionell nicht zum Objekt, sondern zur Klasse. Entsprechend dieser Möglichkeit werden die obligatorischen C/C++-Hauptfunktionen (main) als statische Klassenmethoden einer der Klassen formuliert, die im Gesamtsystem enthalten sind.

Java unterstützt die einfache Vererbung im Zusammenhang mit Klassen. Das Schlüsselwort extends gibt an, daß von einer anderen Klasse geerbt werden soll (siehe Code-Ausschnitt B.3).

```
class A1 extends A {
    ...
}
```

Code-Ausschnitt B.3: Definition einer Vererbungsbeziehung.

Objekte

Objekte sind Instanzen von Klassen. Es können beliebig viele Objekte von einer Klasse erzeugt werden. Code-Ausschnitt B.4 zeigt, wie eine Variable anA vom statischen Typ A deklariert wird, eine Instanz A1 (new) erzeugt und dieser Variablen zugeordnet wird. Hierfür wird vorausgesetzt, daß A1 eine Unterklasse von A ist.

Es sei darauf hingewiesen, daß in Java-Programmen keine Zeiger auf Objekte deklariert werden, sondern Variablen. Wenn eine Variable der Klasse A deklariert wird, kann sie (muß aber nicht) prinzipiell auf alle Objekte verweisen, die zu diesem Typ kompatibel sind. Entsprechend erfolgt der Zugriff auf Instanzvariablen und der Aufruf von Methoden durch den Punkt ('.'). Der Pfeil '→' wird für diesen Zweck nicht gebraucht. Code-Ausschnitt B.4 zeigt, wie die Methode method1() des Objektes, auf das durch die Instanzvariable anA verwiesen wird, aufgerufen werden kann. Dabei wird die Klassendefinition für A aus Code-Ausschnitt B.1 vorausgesetzt.

```
...
A anA;
anA= new A1();          // Objekterzeugung
anA.method1();          // Aufruf der Methode
...
if (anA instanceof A1)      // dynamische Typprüfung (→ Metainformation)
      ((A1)anA).methodOfA1();      // type cast
...
```

Code-Ausschnitt B.4: Erzeugung von Objekten und Nachrichtenversendung.

Das Schlüsselwort instanceof erlaubt den Zugriff auf Typinformation zur Laufzeit. Der logische Ausdruck der if-Bedingung in Code-Ausschnitt B.4 ist genau dann wahr, wenn anA auf eine Instanz des Typs A1 oder einen seiner Nachfolgetypen verweist.

Das Schlüsselwort this ist vordefiniert und erlaubt es einem Objekt, sich selbst zu referenzieren. Dies entspricht dem Gebrauch von ähnlichen Konstrukten in anderen objektorientierten Sprachen.

Um eine Methode einer Oberklasse aufzurufen, muß in einer zu spezifizierenden Methode einer Unterklasse nur super(...) eingefügt werden. Dieser generische Bezeichner löst auch die Identifizierung der Methode in der Oberklasse mit aus. Deshalb enthält der Aufruf auch keinen weiteren Methodenbezeichner, sondern nur die aktuellen Parameter.

Schnittstellen

Java unterstützt die Trennung von Typ- und Klassendefinition. Die Definition einer Schnittstelle ist gleichzeitig auch Typdefinition. Verschiedene Klassen können die gleiche Schnittstelle implementieren. Darin unterscheiden sich Klassenhierarchien und Schnittstellenhierarchien.

Schnittstellen werden ähnlich wie Klassen definiert. Das Schlüsselwort hier lautet interface. Natürlich wird für die Schnittstelle nur die Signatur einer Methode definiert, nicht ihre Implementierung. Analog zu den Klassen, können Schnittstellen als öffentlich (public) markiert werden. Vererbung wird ebenfalls durch das Schlüsselwort extends ausgedrückt. Code-Ausschnitt B.5 zeigt die Definition einer Schnittstelle und eine Klasse, die sie implementiert.

```
interface InterfaceOfA {
        public A(boolean s);
        public void method1();
        public void method2();
}

class A implements InterfaceOfA {
        ...
}
```

Code-Ausschnitt B.5: Beispiel für eine Schnittstellendefinition.

Klassen können verschiedene Schnittstellen implementieren. In diesem Fall muß die Klasse mindestens alle die Methoden implementieren, die auch in der Schnittstelle spezifiziert sind.

Es gibt einen weiteren, wichtigen Unterschied zwischen Klassen- und Schnittstellenhierarchien. Eine Klasse kann nur von genau einer anderen Klasse erben (einfache Vererbung), während eine Schnittstelle von beliebig vielen anderen Schnittstellen erben kann (Mehrfachvererbung).

Der Überblick über das Schnittstellenkonzept von Java wurde der Vollständigkeit halber eingeführt. In diesem Buch werden keine weiteren Schnittstellen verwendet.

Garbage-Collection

Die explizite Freigabe von Speicherbereichen ist bereits für konventionelle Programme schwierig. Damit sind solche Programme gemeint, auf deren Quellcode der Programmierer vollständig zugreifen kann. Für erweiterbare Systeme, wie etwa Frameworks, wächst dieses Problem exponentiell an.

Anders ausgedrückt: Es liegt in der Natur von Frameworks, daß ein Programmierer das System nicht vollständig kennen kann. Entsprechend ist es unmöglich zu entscheiden, ob eine bestimmte Datenstruktur zukünftig noch verwendet werden wird, z. B. in einer Erweiterung des ursprünglichen Systems. Java bietet nun eine Garbage-Collection an und repräsentiert damit eine Sprache, die die frameworkzentrierte Entwicklung unterstützt.

Anhang C

Glossar

Abstrakte Klasse: Dies ist eine nicht instanziierbare Klasse, die die Schnittstelle für ihre Unterklassen definiert.

Abstrakte Kopplung: Zwei Klassen sind durch eine Beziehung gekoppelt, und mindestens eine davon ist eine abstrakte Klasse.

Abstrakte Methode: Eine Methode ohne konkrete Implementierung. Abstrakte Methoden sind typischerweise Teil von abstrakten Klassen.

ADS: (Abstrakte Datenstruktur) Eine Struktur, die aus Daten und Routinen besteht.

ADT: (Abstrakter Datentyp) Eine Struktur, die aus Daten und Routinen besteht und einen Typ repräsentiert. Zu diesem Typ kann eine beliebige Anzahl von Variablen deklariert werden.

Applet: Eine kleine Anwendung. Dieser Begriff wird häufig verwendet, um bestimmte Softwarekomponenten zu kennzeichnen, die über das Internet verteilt werden.

COM: Abkürzung für **C**omponent **O**bject **M**odel. Dies ist ein Standard, der compilierte Softwarekomponenten interoperabel macht. Er bildet die Basis für OLE.

CRC-Karte: (**C**lass/**R**esponsibility/**C**ollaboration) Ein einfaches und doch mächtiges, nicht rechnergestütztes Mittel für OOAD, das Bestandteil einiger OOAD-Methoden ist.

Dynamisches Binden: Das Festlegen des Verhaltens einer Operation zur Laufzeit.

Dynamischer Typ: In typisierten Sprachen ist das der Typ des Objektes, auf das eine Variable verweist.

EBNF: Abkürzung für Erweiterte Backus-Naur-Form. Das ist ein Formalismus zur Beschreibung von Grammatiken.

Einschubmethode: Entspricht einem Hot-Spot in einem Framework. (`hook method`)

Entwurfsmuster: Die Lösung einer Fragestellung unter bestimmten Randbedingungen. Sie wird oft als Mittel verwendet, um den Entwurf objektorientierter Systeme zu charakterisieren und zu vermitteln.

Ereignisschleife: Kernstück einer GUI-Anwendung, die Ereignisse aus einer Warteschlange verarbeitet, wie z. B. Mausklicks.

ET++: Ein Framework für C++-Anwendungen im Bereich von GUI. Es wurde von Erich Gamma und André Weinand entwickelt.

FedEx: Abkürzung für Federal Express. Ein weltweiter Expresslieferservice.

Framework: Eine unvollständige Softwarearchitektur, die an spezielle Anforderungen angepaßt werden kann.

Frozen Spot: Teil eines Frameworks, der nicht für Anpassungen verändert werden kann.

Garbage-Collection: Automatische Freigabe von zuvor belegtem Speicherplatz.

GoF: „Gang-of-Four", Akronym der Arbeitsgruppe, die den ersten Katalog für Entwurfsmuster verfaßt hat [GHJV95].

GUI: Graphic User Interface, Graphische Benutzungsschnittstelle.

Hot-Spot: Eine Stelle, an der die Anpassung eines Frameworks möglich ist.

Hot-Spot-Karten: Ein Mittel zur Kommunikation von Flexibilitätsanforderungen für besser anpaßbare Frameworks.

Java: Eine umfassende, aber dennoch schlanke, objektorientierte Programmiersprache, die von Sun Microsystems entwickelt wurde.

Klasse: Ein erweiterbarer ADT.

Komponenten: Eine ADS oder ein ADT oder eine Klasse.

Metainformation: Informationen über Objekte und Klassen.

Metamuster: Wesentliche Konstruktionsprinzipien für Frameworks. (`metapatterns`)

Nachfolgeklasse/Nachfolger: Eine Klasse, die von einer anderen Klasse erbt. Dies muß nicht notwendigerweise auf direktem Wege geschehen. (`descendant`)

Nachricht: Alternativer Begriff für einen Aufruf von Methoden. (Der Begriff Nachricht wurde eingeführt, um den Aspekt des dynamischen Bindens von Methodenaufrufen zu betonen. (`message`)

Oberklasse: Eine Klasse, von der andere Klassen Verhalten erben. (`superclass`)

Objekt: Instanz einer Klasse.

OLE: Abkürzung für **O**bject **L**inking and **E**mbedding. Das ist eine Bibliothek auf der Basis von COM, die kooperatives, gemeinsames Benutzen von Ressourcen unterstützt.

OO: Objektorientierung.

OOAD: Objektorientierte Analyse und Design.

OOPSLA: Konferenz **O**bject-**O**riented **P**rogramming **S**ystems, **L**anguages, and **A**pplications. Sie ist ein wichtiges Forum für Forscher und Anwender im Bereich der objektorientierten Techniken.

OpenDoc: Eine Bibliothek auf der Basis von SOM, die kooperatives, gemeinsames Benutzen von Ressourcen unterstützt.

Polymorphismus: Kompatibilität von Objekttypen.

Prinzip der Vererbung enger Schnittstellen: Eine wesentliche Entwurfsrichtlinie für Frameworks, die besagt, daß die Anzahl der Methoden, die zur Anpassung überschrieben werden, klein sein sollte.

Protokoll: Ein alternativer Begriff für die Schnittstelle einer Klasse. Betont wird dabei die Standardisierungseigenschaft für die zugehörigen Unterklassen.

Routine: Ein allgemeiner Begriff für Funktion und Prozedur.

Schablonenmethode: Entspricht einem Frozen Spot in einem Framework. (`template method`)

Skript: Eine Sammlung von Kommandos, die durch einen Interpreter bearbeitet wird. Besitzt einige Eigenschaften eines Programmes.

Skriptsprache: Eine einfache Programmiersprache, die u. a. durch attributierte Grammatiken (z. B. in EBNF) beschrieben werden kann.

Softwarearchitektur: Verschiedene, interagierende Softwarekomponenten.

SOM: Abkürzung für **S**ystem **O**bject **M**odel. Dies ist ein Standard, durch den compilierte Softwarekomponenten interoperabel werden. Er ist die Basis für OpenDoc.

Statischer Typ: In typisierten Sprachen ist das der Typ einer Variablen, wie er im statischen Programmtext deklariert wurde.

TCL: Abkürzung für **T**ool **C**ommand **L**anguage. Es ist eine Skriptsprache, um Anwendungen zu verbinden.

Unified Modeling Language: Eine OOAD-Methode, die sich aus der Verschmelzung von Rumbaughs Object Modeling Technique (OMT), Boochs Methode und Jacobsons Use Cases ergibt.

Unified Notation: Graphische Notation, wie sie in der Unified Modeling Language verwendet wird.

Unterklasse: Eine Klasse, die Verhalten von einer anderen Klasse erbt. (`subclass`)

Vererbung: Ein Konzept, das das Teilen, das Erweitern und/oder das Verändern von Verhalten einer Klasse unterstützt. (`inheritance`)

Anhang D

Quelldateien für das Simulationssystem

Dieser Anhang enthält die Quelldateien der Java-Klassen aus Kapitel 3. Sie beschreiben ein diskretes Ereignissimulationssystem. Die Quelldateien sind mit tar-ed und compress bearbeitet und unter

ftp://www.swe.uni-linz.ac.at/pub/Sim.java/simSources.Z

frei erhältlich.

D.1 Notification package

File Simulation.java

```
package Notification;

import Qs.*;

public class Simulation{
        public long time;
        protected SortedQueue actors;

        public void reset() {
                actors= new SortedQueue();
                time= 0;
        }

        public Simulation() {
                reset();
        }
```

```
        public void schedule(Actor a, long t) {
                a.time= t;
                actors.enqueue(a);
        }
        public void simulate(long duration) {
                Actor actor;
                long endOfSimulation= time + duration;

                do {
                        if (!actors.isEmpty()) {
                                actor= actors.dequeue();
                                time= actor.time;
                                actor.commit();
                        } else  // no more actors enqueued
                                time= endOfSimulation + 1;
                } while (time <= endOfSimulation);
        }
}
```

File Actor.java

```
package Notification;

public abstract class Actor{
        public long time;

        public Actor(long t) {
                time= t;
        }
        public abstract void commit();
}
```

D.2 SingleLineSim package

File Customer.java

```
package SingleLineSim;

import Notification.*;
import Statistics.*;
```

```
public class Customer extends Actor{
        SimpleServiceStation station;
        Simulation simulation;
        long arrivalTime;

        public int no; //my unique indentifier

        public Customer(long t, SimpleServiceStation s,
                        Simulation sim) {
                super(t);

                station= s;
                simulation= sim;
                arrivalTime= simulation.time;

                no= station.custNo;
        }
        public void commit() {
                station.free();
                if (station.traceOn)
                        station.traceOutput.appendText(
                        "\ncustomer #" + no + "left system at:"
                        + simulation.time);
                station.waitingTimeSeq.add(simulation.time
                                        - arrivalTime);
        }
        public void activate() {
                int myServiceDuration;
                simulation.schedule(this, simulation.time +
                        (myServiceDuration=
                        (int)(RandomNumbers.negExp(
                                station.avrgServiceDuration))));
                if (station.traceOn)
                        station.traceOutput.appendText(
                        "\ncustomer #" + no + "(service duration="+
                        myServiceDuration + ") started to be served at: "
                        + simulation.time);
        }
}
```

File CustomerGenerator.java

```
package SingleLineSim;

import Notification.*;
import Statistics.*;

public class CustomerGenerator extends Actor{
        SimpleServiceStation station;
        Simulation simulation;

        public CustomerGenerator(long t,
                        SimpleServiceStation s,
                        Simulation sim) {
                super(t);
                station= s;
                simulation= sim;
        }
        public void commit() {
                Customer c= new Customer(0, station, simulation);
                                // time is scheduled by
                                // the customer's activate()
                                // method, invoked by a
                                // SimpleServiceStation instance
                if (station.traceOn)
                        station.traceOutput.appendText(
                        "\ncustomer #" + c.no +
                        " entered system at: " +
                        simulation.time);
                station.custNo++;
                station.requestService(c);
                simulation.schedule(
                        new CustomerGenerator(0, station, simulation),
                        simulation.time + (long)
                        (RandomNumbers.negExp(station.arrivalRate))
                );

        }
}
```

File SimpleServiceStation.java

```
package SingleLineSim;

import java.awt.*;

import Statistics.*;
import Qs.*;
import Notification.*;

public class SimpleServiceStation{
        protected FIFOQueue waitingLine;
        protected Simulation sim;

        // for gathering statistics regarding the waiting queue
        //and waiting time
        public Path path;
        public Sequence waitingTimeSeq;

        public int avrgServiceDuration;
        public int arrivalRate;
        public boolean traceOn;
        public TextArea traceOutput;
        public int custNo;          // for consecutive numbering

        public SimpleServiceStation(Simulation s, int rate,
                int dur, boolean tOn, TextArea output) {
                path= new Path();
                waitingTimeSeq= new Sequence();
                waitingLine= new FIFOQueue();
                sim= s;

                arrivalRate= rate;
                avrgServiceDuration= dur;
                traceOn= tOn;
                traceOutput= output;
                custNo= 1;
        }
        public void requestService(Customer c) {

                if (path.n == 0)  // path.n ⇔ number of queued customers
                        c.activate();
```

```
            else
                    waitingLine.enqueue(c);
            path.up(sim.time);
    }
    public void free() {
            Actor actor;
            path.down(sim.time);
            if (path.n > 0) {
                    actor= waitingLine.dequeue();
                    if (actor instanceof Customer)
                            ((Customer)actor).activate();
            }
    }
    public void provideStatistics() {
            traceOutput.appendText("\n\nmean number of
                    waiting customers= " + path.mean(sim.time));
            traceOutput.appendText("\nE[waiting time]= " +
                    waitingTimeSeq.mean());
            traceOutput.appendText("\nvar[waiting time]= " +
                    waitingTimeSeq.var());
    }
}
```

D.3 Qs package

File QItem.java

```
package Qs;

import Notification.*;

class QItem {
        public Actor actualActor;
        public QItem next;

        public QItem(Actor a) {
                actualActor= a;
        }
}
```

File Queue.java

```
package Qs;
import Notification.*;

public abstract class Queue {
        protected QItem first;

        public Queue() {
                first= null;
        }
        public abstract void enqueue(Actor a);
        public Actor dequeue() {
                QItem item;
                item= first;
                if (item!=null)
                        first= item.next;
                return item.actualActor;
        }
        public boolean isEmpty() {
                return (first==null);
        }
}
```

File FIFOQueue.java

```
package Qs;
import Notification.*;

public class FIFOQueue extends Queue {
        protected QItem last;
        public FIFOQueue() {
                last= null;
        }
        public void enqueue(Actor a) {
                QItem item= new QItem(a);
                item.next= null;
                if (first!=null)
                        last.next= item;
                else
                        first= item;
                last= item;
        }
}
```

File LIFOQueue.java

```
package Qs;
import Notification.*;

public class LIFOQueue extends Queue {
        public LIFOQueue() { }
        public void enqueue(Actor a) {
                QItem item= new QItem(a);
                item.next= first;
                first= item;
        }
}
```

File SortedQueue.java

```
package Qs;

import Notification.*;

public class SortedQueue extends Queue {
        public SortedQueue() {}
        public void enqueue(Actor a) {
                QItem item= new QItem(a);
                QItem tmp;

                if ((first==null) || (a.time < first.actualActor.time)) {
                        item.next= first;
                        first= item;
                } else {
                        tmp= first;
                        while ((tmp.next!=null) &&
                                        (item.actualActor.time >=
                                         tmp.next.actualActor.time))
                                tmp= tmp.next;
                        item.next= tmp.next;
                        tmp.next= item;
                }
        }
}
```

D.4 Statistics package

File RandomNumbers.java

```
package Statistics;

import java.lang.*;

public class RandomNumbers {
        public RandomNumbers() {}

        // Given the mean value m as input parameter, negExp(...)
        // calculates a random number with a negative exponential
        // distribution.
        public static double negExp(float m)
        {
                double r= Math.random();
                return -Math.log(r)*m;
        }
}
```

File Path.java

```
package Statistics;

// The graph that shows how many items are in a queue over time is
// called the path of the queuing process. Method mean(...) returns
// the mean number of items in a queue over a given period of time.
public class Path {
        public int n;
        private float W, t;

        public Path() {
                W= 0;
                n= 0;
                t= 0;
        }
        public void up(long time) {
                W= W + n*(time-t);
                n++;
                t= time;
        }
```

```
        public void down(long time) {
                W= W + n*(time-t);
                n- -;
                t= time;
        }
        public float mean(long tEnd) {
                return (W + n*(tEnd - t))/tEnd;
        }
}
```

File Sequence.java

```
package Statistics;

// Class Sequence represents sequences of successive observations,
// represented by real numbers. Of interest are the corresponding mean
// and variance.
// A client adds a number to a sequence of real numbers (that is, a
// Sequence object) by invoking the add(...) method.
// Method add(...) calculates the mean and variance of the sequence
// without the need to store the whole sequence.

public class Sequence {
        private double mean, var,
                        prevMean, prevVar;
        private int n;

        public Sequence() {
                n= 0;
                mean= 0;
                var= 0;
                prevMean= 0;
                prevVar= 0;
        }
        public void add(double x) {
                n++;

                if (n>1) {
                        var= prevVar * (((double)n-2)/(n-1)) +
                                        (x-prevMean)*(x-prevMean)/n;
                }
                if (n>=1)
```

```
                    mean= prevMean + (x-prevMean)/n;

            prevMean= mean;
            prevVar= var;
        }
        public double mean() {
            return mean;
        }       public double var() {
            return var;
        }
}
```

D.5 Top level classes

File ConvenienceStoreSim.java

```
import java.awt.*;
import java.util.*;
import java.applet.Applet;

import SingleLineSim.*;
import Notification.*;
import Statistics.*;

public class ConvenienceStoreSim extends Applet{
        Frame window;
        ValPanel arrivalRatePanel, serviceDurationPanel, durationPanel;
        Checkbox traceBox;
        TextArea output;
        Button simButton;
        Button quitButton;

        public void showDialog() {
            window= new Frame("Convenience store simulation");

            GridBagConstraints c = new GridBagConstraints();
            GridBagLayout gridbag = new GridBagLayout();
            setLayout(gridbag);
```

```
arrivalRatePanel= new ValPanel("Arrival Rate", 1, 100);
serviceDurationPanel= new ValPanel(
                        "Service Duration", 1, 100);
durationPanel= new ValPanel("Overall Duration", 1, 10000);

arrivalRatePanel.setValue((double)10);
serviceDurationPanel.setValue((double)10);
durationPanel.setValue((double)150);
traceBox= new Checkbox("trace events");

output= new TextArea();

simButton= new Button("Simulate");
quitButton= new Button("Quit");

//Set up default constraints
c.fill = GridBagConstraints.HORIZONTAL;

c.weightx = 1.0;
gridbag.setConstraints(arrivalRatePanel, c);
add(arrivalRatePanel);

c.weightx = 1.0;
gridbag.setConstraints(serviceDurationPanel, c);
add(serviceDurationPanel);

c.weightx = 1.0;
c.gridwidth = GridBagConstraints.REMAINDER;
gridbag.setConstraints(durationPanel, c);
add(durationPanel);

c.weightx = 0.0;
c.gridwidth = GridBagConstraints.REMAINDER;
gridbag.setConstraints(traceBox, c);
add(traceBox);

c.weightx = 0.0;
c.gridwidth = GridBagConstraints.REMAINDER;
gridbag.setConstraints(output, c);
add(output);
```

```
        c.gridwidth = GridBagConstraints.RELATIVE;
        gridbag.setConstraints(simButton, c);
        add(simButton);

        c.gridwidth = GridBagConstraints.REMAINDER;
        gridbag.setConstraints(quitButton, c);
        add(quitButton);

        window.add("Center", this);
        window.pack();
        window.show();
}

public boolean handleEvent(Event e) {
        if (e.target == simButton) {
                simulate((int)(serviceDurationPanel.getValue()),
                        (int)(arrivalRatePanel.getValue()),
                        (int)(durationPanel.getValue()) );
        }
        if (e.target == quitButton) {
                stop(); window.dispose();
        }
        return false;
}

public void simulate(int avrgServiceDuration, int arrivalRate,
                int duration) {
        SimpleServiceStation station;
        Simulation simulation;
        CustomerGenerator generator;

        simulation= new Simulation();
        station= new SimpleServiceStation(simulation, arrivalRate,
                                        avrgServiceDuration,
                                        traceBox.getState(), output);
        generator= new CustomerGenerator(0, station, simulation);
        simulation.schedule(generator, 0);
        simulation.simulate(duration);

        station.provideStatistics();
}
```

```
        public static void main(String args[]) {
                ConvenienceStoreSim storeSim= new ConvenienceStoreSim();
                storeSim.showDialog();
        }
}
```

File ValPanel.java

```
import java.awt.*;
import java.util.*;
import java.applet.Applet;

public class ValPanel extends Panel {
   String title;
   TextField textField;
   Scrollbar slider;
   int min, max;

   ValPanel(String myTitle, int from, int to) {
        super();
        GridBagConstraints c = new GridBagConstraints();
        GridBagLayout gridbag = new GridBagLayout();
        setLayout(gridbag);
        title = myTitle;
        min= from;
        max= to;

        // set up default constraints
        c.fill = GridBagConstraints.HORIZONTAL;

        // add a label
        Label label = new Label(title, Label.CENTER);
        c.weightx = 0.0;
        c.gridwidth = GridBagConstraints.REMAINDER;
        gridbag.setConstraints(label, c);
        add(label);

        // add a text field
        textField = new TextField("0", 10);
        c.weightx = 1.0;
        c.gridwidth = GridBagConstraints.REMAINDER;
```

```
        gridbag.setConstraints(textField, c);
        add(textField);

        // add a slider
        slider = new Scrollbar(Scrollbar.HORIZONTAL, 0, 100, min, max);
        c.weightx = 0.0;
        c.gridheight = 1;
        c.gridwidth = GridBagConstraints.RELATIVE;
        gridbag.setConstraints(slider, c);
        add(slider);
    }

    public void paint(Graphics g) {
        Dimension d = size();
        g.drawRect(0,0, d.width - 1, d.height - 1);
    }

    public Insets insets() {
        return new Insets(5,5,5,8);
    }

    public double getValue() {
        double f;
        try {
            f = Double.valueOf(textField.getText()).doubleValue();
        } catch (java.lang.NumberFormatException e) }
            f = 0.0;
        }
        return f;
    }

    public boolean handleEvent(Event e) {
        if (e.target instanceof Scrollbar) {
            textField.setText(String.valueOf(slider.getValue()));
        } else if ((e.target instanceof TextField)
                    && (e.id == Event.ACTION_EVENT))
          setSliderValue(getValue());

        return false;
    }
```

```
    public void setValue(double f) {
        setSliderValue(f);
        textField.setText(String.valueOf(f));
    }

    void setSliderValue(double f) {
        int sliderValue = (int)f;

        if (sliderValue > max)
          sliderValue = max;
        if (sliderValue < min)
          sliderValue = min;
        slider.setValue(sliderValue);
    }
}
```

Index